要活，要活着奋斗

——郁达夫励志文选

郁达夫 著　辛 尧 编

主　任：徐　潜

副主任：王宝平　李怀科　张　毅

编　委：袁一鸣　郭敬梅　魏鸿鸣

　　　　　林　立　侯景华　于永玉

　　　　　崔红亮

中华工商联合出版社

图书在版编目（CIP）数据

要活，要活着奋斗：郁达夫励志文选 / 郁达夫著；
辛尧编. --北京：中华工商联合出版社，2014.9
ISBN 978-7-5158-1049-2

Ⅰ．①要… Ⅱ．①郁… ②辛… Ⅲ．①郁达夫（
1896～1945）－选集 Ⅳ．①I216.2

中国版本图书馆 CIP 数据核字（2014）第 195483 号

要活，要活着奋斗
——郁达夫励志文选

作　　者：郁达夫
编　　者：辛　尧
出 品 人：徐　潜
策划编辑：魏鸿鸣
责任编辑：林　立
封面设计：周　源
责任审读：郭敬梅
责任印制：迈致红
出版发行：中华工商联合出版社有限责任公司
印　　刷：天津旭丰源印刷有限公司
版　　次：2014 年 12 月第 1 版
印　　次：2023 年 4 月第 4 次印刷
开　　本：710mm×1020mm　1/16
字　　数：180 千字
印　　张：14.5
书　　号：ISBN 978-7-5158-1049-2
定　　价：59.80元

服务热线：010－58301130
销售热线：010－58302813
地址邮编：北京市西城区西环广场 A 座
　　　　　19－20 层，100044
http://www.chgslcbs.cn
E-mail：cicap1202@sina.com（营销中心）
E-mail：gslzbs@sina.com（总编室）

序

　　为了给《传世励志经典》写几句话，我翻阅了手边几种常见的古今中外圣贤大师关于人生的书，大致统计了一下，励志类的比例，确为首屈一指。其实古往今来，所有的成功者，他们的人生和他们所激赏的人生，不外是：有志者，事竟成。

　　励志是动宾结构的词，励是磨砺，志是志向，放在一起就是磨砺志向。所以说，励志不是简单的立志，是要像把刀放在石头上磨才能锋利一样，这个磨砺，也不是轻而易举地摩擦一下，而是要下力气的，对刀来说，不仅要把自身的锈磨掉，还要把多余的部分都要毫不留情地磨掉，这简直是一场磨难。所有绚丽的人生都是用艰难磨砺成的，砥砺生命放光华。可见，励志至少有三层意思：

　　一是立志。国人都崇拜的一本书叫《易经》，那里面有一句话说：天行健，君子以自强不息。这是一种天人合一的理念，它揭示了自然界和人类发展演化的基本规律，所以一切圣贤伟人无不遵循此道。当然，这里还有一个立什么样的志的问题，孔子说：士不可以不弘毅，任重而道远。古往今来，凡志士仁人立的都是天下家国之志。李白说：大丈夫必有四方之志，白居易有诗曰：丈夫贵兼济，岂独善一身，讲的都是这个道理。

二是励志。有了志向不一定就能成事，《礼记》里说：玉不琢，不成器。因为从理想到现实还有很大的距离。志向须在现实的困境中反复历练，不断考验才能变得坚韧弘毅，才能一步一个脚印地逐步实现。所以拿破仑说：真正之才智乃刚毅之志向。孟子则把天将降大任于斯人描述得如此艰难困苦。我们看看历代圣贤，从三大宗的创始人耶稣、穆罕默德、释迦牟尼到孔夫子、司马迁、孙中山，直至各行各业的精英，哪一个不是历经磨难终成大业，哪一个不是砥砺生命放射出人生的光芒。

三是守志。无论立志还是励志都不是一朝一夕、一蹴而就的，它贯穿了人的一生，无论生命之火是绚丽还是暗淡，都将到它熄灭的最后一刻。所以真正的有志者，一方面存矢志不渝之德，另一方面有不为穷变节、不为贱易志之气。像孟子说的那样：富贵不能淫、贫贱不能移、威武不能屈。明代有位首辅大臣叫刘吉，他说过：有志者立长志，无志者常立志，这话是很有道理的。

话说回来，励志并非粘贴在生命上的标签，而是融汇于人生中一点一滴的气蕴，最后成长为人的格调和气质，成就人生的梦想。不管你做哪一行，有志不论年少，无志空活百年。

这套《传世励志经典》共收辑了100部图书，包括传记、文集、选辑。为励志者满足心灵的渴望，有的像心灵鸡汤，营养而鲜美；有的就是萝卜白菜或粗茶淡饭，却是生命之必需。无论直接或间接，先贤们的追求和感悟，一定会给我们带来生命的惊喜。

徐 潜

2014 年 5 月 16 日

前　言

郁达夫，浙江富阳人，原名郁文，字达夫。中国现代著名小说家、散文家和诗人。

1921 年，郁达夫的自传体小说《沉沦》出版，成为我国现代文学史上第一部白话短篇小说集，立即引起了中国文坛的轩然大波，被公认为是惊世骇俗的作品。郁达夫在文章中毫不掩饰自己的思想感情、个性嗜好，文如其人，因而形成了自己独树一帜的文章特色，文坛在带给他荣誉的同时，责难与谩骂也随之开始并伴随一生：有人称赞他是文坛的天才，也有人责骂他是堕落的作家……然而，阅读郁达夫的文章后，我们不难发现，他不仅是个才华横溢的作家，还是一个坚定的爱国者。

胡愈之先生曾这样评价过郁达夫："在中国文学史上，将永远铭刻着郁达夫的名字，在中国人民反法西斯战争的纪念碑上，也将永远铭刻着郁达夫烈士的名字。"

郁达夫的《春风沉醉的晚上》《故都的秋》《零余者》《饮食男女在福州》等作品广为人知，这些作品表现了郁达夫在文学创作上的主张，他认为"文学作品，都是作家的自叙传"，在创作过程中，他常把个人的生活经历作为素材，作品中流露出了自己的思想感情与个性特点。

本书将郁达夫的小品、游记、日记、自传等各类文章作为选辑的对象，在感叹郁达夫游刃而余地驾驭文字能力的同时，也让读者感受到一个性情中带着敏感、孤独、倔强的高傲的灵魂。

编　者

目　录

归　航

　　微寒刺骨的初冬晚上，若在清冷同中世似的故乡小市镇中，吃了晚饭，于未敲二更之先，便与家中的老幼上了楼，将你的身体躺入温暖的被里，呆呆的隔着帐子，注视着你的低小的木桌上的灯光，你必要因听了窗外冷清的街上过路人的歌音和足声而泪落。你因了这灰暗的街上的行人，必要追想到你孩提时候的景象上去。这微寒静寂的晚间的空气，这幽闲落寞的夜行者的哀歌，与你儿童时代所经历的一样，但是睡在楼上薄棉被里，听这哀歌的人的变化却如何了？一想到这里谁能不生起伤感的情来呢？——但是我此言，是为像我一样的无能力的将近中年的人而说的——

　　我在日本的郊外夕阳晼晚的山野田间散步的时候，也忽而起了一种同这情怀相像的怀乡的悲感，看看几个日夕谈心的朋友，一个一个的减少下去的时候，我也想把我的迷游生活结束了。

　　十年久住的这海东的岛国，把我那同玫瑰露似的青春消磨了的这异乡的天地，我虽受了她的凌辱不少，我虽不愿第二次再使她来吻我的脚底，但是因为这厌恶的情太深了，到了将离的时候，我倒反而生起一种不忍与她诀别的心来。啊啊，这柔情一脉，便是千古的伤心种子，人生的悲剧，可能是发芽在此地的么？

我于未去日本之先，我的高等学校时代的生活背景，也想再去探看一回。我于永久离开这强暴的小国之先，我的迭次失败了的浪漫史的血迹，也想再去揩拭一回。

"轻薄淫荡的异性者呀，你们用了种种柔术想把来弄杀了的他，现在已经化作了仙人，想回到他的须弥故国去了。请你们尽在这里试用你们的手段吧，他将要骑了白鹤，回到他的母亲怀里去了。他回去之后，定将拥挟了霓裳仙子，舞几夜通宵的歌舞，他是再也不来向你们乞怜的了。"

我也想用了微笑，代替了这一段言语，向那些愚弄过我的妇人，告个长别，用以泄泄我的一段幽恨。为了这种种琐碎的原因，我的回国日期竟一天一天的延长了许多的时日。

从家里寄来的款也到了，几个留在东京过夏的朋友为我饯行的席也设了，想去的地方，也差不多去过了，几册爱读的书也买好了，但是要上船的第一天（七月的十五）我又忽而跑上日本邮船公司去，把我的船票改迟了一班，我虽知道在黄海的这面有几个——我只说几个——与我意气相合的朋友在那里等我，但是我这莫名其妙的离情，我这像将死时一样的哀感，究竟教我如何处置呢？我到七月十九的晚上，喝醉了酒，才上了东京的火车，上神户去趁翌日出发的归舟。

二十的早晨从车上走下来的时候，赤色的太阳光线已经将神户市的一大半房屋烧热了。神户市的附近，须磨是风光明媚的海滨村，是三伏中地上避暑的快乐园，当前年须磨寺大祭的晚上，是我与一个不相识的妇人共宿过的地方。依我目下的情怀说来，是不得不再去留一宵宿，叹几声别的，但是回故国的轮船将于午前十点钟开行，我只能在海上与她遥别了。

"妇人呀妇人，但愿你健在，但愿你荣华，我今天是不能来看你了。再会——不……不……永别了……"

须磨的西边是明石，紫式部的同画卷似的文章，蓝苍的海浪，洁白的沙滨，参差雅淡的别庄，别庄内的美人，美人的幽梦，……

"明石呀明石！我只能在游仙枕上，远梦到你的青松影里，再来和你的儿女谈多情的韵事了。"

八点半钟上了船，照管行李，整理舱位，足足忙了两个钟头；船的前后铁索响的时候，铜锣报知将开船的时候，我的十年中积下来的对日本的愤恨与悲哀，不由得化作了数行冰冷的清泪，把海湾一带的风景，染成了模糊像梦里的江山。

"啊啊，日本呀！世界一等强国的日本呀！国民比我们矮小，野心比我们强烈的日本呀！我去之后，你的海岸大约依旧是风光明媚，你的儿女大约依旧是荒淫无忌地过去的。天色的苍茫，海洋的浩荡，大约总不至因我之去而稍生变更的。我的同胞的青年，大约仍旧要上你这里来，继续了我的运命，受你的欺辱的。但是我的青春，我的在你这无情的地上化费了的青春！啊啊，枯死的青春呀，你大约总再也不能回复到我的身上来了吧！"

二十一日的早晨，我还在三等舱里做梦的时候，同舱的鲁君就跳到我的枕边上来说："到了到了！到门司了！你起来同我们上门司去吧！"

我乘的这只船，是经过门司不经过长崎的，所以门司，便是中途停泊的最后的海港；我的从昨日酝酿成的那种伤感的情怀，听了门司两字，又在我的胸中复活了起来。一只手擦着眼睛，一只手捏了牙刷，我就跟了鲁君走出舱来。淡蓝的天色，已经被赤热的太阳光线笼罩了东方半角。平静无波的海上，贯流着一种夏天早晨特有的清新的空气。船的左右岸有几堆同青螺似的小岛，受了朝阳的照耀，映出了一种浓润的绿色。前面去左船舷不远的地方有一条翠绿的横山，山上有两株无线电报的电杆，突出在碧落的背景里；这电杆下就是门司港市了。船又行进了三五十分钟，回到那横山正面的时候，我只见无数的人家，无数的工厂烟囱，无数的船舶和桅杆，纵横错落的浮映在天水中间的太阳光线里，船已经到了门司了。

门司是此次我的脚所践踏的最后的日本土地，上海虽然有日本的居民，天津汉口杭州虽然有日本的租界，但是日本的本土，怕今后与我便无缘分了。因为日本是我所最厌恶的土地，所以今后大约我总不至于再来的。因为我是无产阶级的一介分子，所以将来大约我总不至坐在赴美国的船上，再向神户横滨来泊船的。所以我可以说门司便是此次我的脚所践踏的最后的日本土地了。

我因为想深深的尝一尝这最后的伤感的离情，所以衣服也不换，面也不洗，等船一停下，便一个人跳上了一只来迎德国人的小汽船，跑上岸上去了。小汽船的速力，在海上振动了周围清新的空气，我立在船头上觉得一种微风同妇人的气息似的吹上了我的面来。蓝碧的海面上，被那小汽船冲起了一层波浪，汽船过处，现出了一片银白的浪花，在那里返射着朝日。

在门司海关码头上岸之后，我觉得射在灰白干燥的陆地路上的阳光，几乎要使我头晕；在海上不感得的一种闷人的热气，一步一步的逼上我的面来，我觉得我的鼻上有几颗珍珠似的汗珠滚出来了；我穿过了门司车站的前庭，便走进狭小的锦町街上去。我想永久将去日本之先，不得不买一点什么东西，作作纪念，所以在街上走了一回，我就踏进了一家书店。新刊的杂志有许多陈列在那里，我因为不想买日本诸作家的作品，来培养我的创作能力，所以便走近里面的洋书架去。小泉八云 Lafcadio Hearn 的著作，Modern Library① 的丛书占了书架的一大部分，我细细的看了一遍，觉得与我这时候的心境最适合的书还是去年新出版的 John Paris 的那本 Kimono（日本衣服之名）。

我将要去日本了，我在沦亡的故国山中，万一同老人追怀及少年时代的情人一般，有追思到日本的风物的时候，那时候我就可拿出几本描写日本的风俗人情的书来赏玩。这书若是日本人所著，他的描写，必至过于真确，那时候我的追寻远地的梦幻心境，倒反要被那真实粗暴的形相所打破。我在那时候若要在沙上建筑蜃楼，若要从梦里追寻生活，非要读读朦胧奇特、富有异国情调的，那些描写月下的江山，追怀远地的情事的书类不可；从此看来，这 Kimono 便是与这境状最适合的书了，我心里想了一遍，就把 Kimono 买了。从书店出来又在狭小的街上的暑热的太阳光里走了一段，我就忍了热从锦町三丁目走上幸町的通里山的街上去。幸町是三弦酒肉的巢窟，是红粉胭脂的堆栈，今天正好像是大扫除的日子，那些调和性欲，忠诚于她们的天职的妓女，都裸了雪样的洁白，风样的柔嫩的身体，在那里打扫，啊啊，这日本的最美的春景，我今天看后，怕也不能多看了。

我在一家姓安东的妓家门前站了一忽，同饥狼似的饱看了一回烂熟的肉体，便又走下幸町的街路，折回到了港口。路上的灰尘和太阳的光线，逼迫我的身体，致我不得不向咖啡店去休息一场；我在去码头不远的一家下等的酒店坐下的时候，身体也真疲

---

① Modern Library，英语，现代图书馆。

劳极了。

喝了一大瓶啤酒，吃了几碗日本固有的菜，我觉得我的消沉的心里，也生了一点兴致出来，便想尽我所有的金钱，上妓家去瞎闹一场；但拿出表来一看，已经过了十二点，船是午后二点就要拔锚的。

我出了酒店，手里拿了一本 Kimono，在街上走了两步，就把游荡的邪心改过，到浴场去洗了一个澡，因以涤尽了十几年来，堆叠在我这微躯上的日本的灰尘和恶土。

上船的时候，已经是午后一点半了。三十分后开船的时候，我和许多去日本的中国人和日本人立在三等舱外甲板上的太阳影里看最后的日本的陆地。门司的人家远去了，工场的烟囱也看不清楚了，近海岸的无人绿岛也一个一个的少下去了，我正在出神的时候，忽听一等舱的船楼上有清脆的妇人声在那里说话；我抬起头来一看，见有一个年约十八九的中西杂种的少女，立在船楼的栏杆边上，在那里和一个红脸肥胖的下劣西洋人说话。那少女皮肤带有浅黑色，眼睛凹在鼻梁的两边，鼻尖高得很，瞳人带些微黄，但仍是黑色；头发用烙铁烫过，有一圈珍珠，带在蓬蓬的发下。她穿的是黄白薄绸的一件西洋的夏天女服，双袖短得很，她若把手与肩胛平张起来，你从袖口能看得出她腋下的黑影，和胸前的乳头来。她的颈项下的前后又裸着两块可爱的黄黑色的肥肉。下面穿的是一条短短的围裙，她的瘦长的两条脚露出在鱼白的湖绸裙下。从玄色的丝袜里蒸发出来的她的下体的香味，我好像也闻得出来的样子。看看她那微笑的短短的面貌，和一排洁白的牙齿，我恨不得拿出一把手枪来，把那同禽兽似的西洋人击杀了。

"年轻的少女呀，我的半同胞呀！你母亲已经为他们异类的禽兽玷污了，你切不可再与他们接近才好呢！我并不想你，我并不在这里贪你的姿色；但是，但是象你这样的美人，万一被他们同野兽一样的西洋人蹂躏了去，教我如何能堪呢！你那柔软黄黑的肉体被那肥胖和雄猪似的洋人压着的光景，我便在想象的时候，也觉得眼睛里要喷出火来。少女呀少女！我并不要你爱我，我并不要你和我同梦。我只求你别把你的身体送给异类的外人去享乐就对了。我们中国也有美男子，我们中国也有同黑人一样强壮的伟男子，我们中国也有几千万几万万家财的富翁，你何必要接近外国人呢！啊啊，中国可亡，但是中国的女子是不可被他们外国人强奸去的。少女呀少女！你听了我的这哀愿吧！"

我的眼睛呆呆的在那里看守她那颧骨微突嘴巴狭小的面貌，我的心里同跪在圣女马利亚像前面的旧教徒一样，尽在那里念这些祈祷。感伤的情怀，一时征服了我的全体，我觉得眼睛里酸热起来，她的面貌，就好象有一层 Veil① 罩着的样子，也渐渐的朦胧起来了。

海上的景物也变了。近处的小岛完全失去了影子，空旷的海面上，映着了夕照，远远里浮出了几处同眉黛似的青山；我在甲板上立得不耐烦起来，就一声也不响，低了头，回到了舱里。

太阳在西方海面上沉没了下去，灰黑的夜阴从大海的四角里聚集了拢来，我吃完了晚饭，仍复回到甲板上来，立在那少女立过的楼底直下。我仰起头来看看她立过的地方，心里就觉得悲哀起来，前次的纯洁的心情，早已不复在了，我心里只暗暗地想：

"我的头上那一块板，就是她曾经立过的地方。啊啊，要是她能爱我，就教我用无论什么方法去使她快乐，我也愿意的。啊

---

① veil，英语，面纱。

啊，所罗门当日的荣华，比到纯洁的少女的爱情，只值得什么？事也不难，她立在我头上板上的时候，我只须用一点奇术，把我的头一寸一寸的伸长起来，钻过船板去就对了。"

想到了这里，我倒感着了一种滑稽的快感；但看看船外灰黑的夜阴，我觉得我的心境也同白日的光明一样，一点一点被黑暗腐蚀了。

我今后的黑暗的前程，也想起来了。我的先辈回国之后，受了故国社会的虐待，投海自尽的一段哀史，也想起来了。

"我在那无情的岛国上，受了十几年的苦，若回到故国之后，仍不得不受社会的虐待，教我如何是好呢！日本的少女轻侮我，欺骗我时，我还可以说'我是为人在客'，若故国的少女，也同日本妇人一样的欺辱我的时候，我更有什么话说呢！你看那 Euroasian① 不是已在那里轻侮我了么？她不是已经不承认我的存在了么？唉，唉，唉，唉，我错了，我错了。我是不该回国来的。一样的被人虐待，与其受故国同胞的欺辱，倒还不如受他国人的欺辱更好自家宽慰些。"

我走近船舷，向后面我所别来的国土一看，只见得一条黑线，隐隐的浮在东方的苍茫夜色里。我心里只叫着说：

"日本呀日本，我去了。我死了也不再回到你这里来了。但是，但是我受了故国社会的压迫，不得不自杀的时候，最后浮上我的脑子里来的，怕就是你这岛国哩！Avé Japon②！我的前途正黑暗得很呀！"

一九二二年七月二十六日于上海。

---

① Euroasian，英语，欧亚混血人，或谓黄白杂种人。

② Avé Japon，法语，意即"再见，日本"。

还乡记

一

大约是午前四五点钟的样子，我的过敏的神经忽而颤动了起来。张开了半只眼，从枕上举起非常沉重的头，半醒半觉的向窗外一望，我只见一层灰白色的云丛，密布在微明的空际，房里的角上桌下，还有些暗夜的黑影流荡着，满屋沉沉，只充满了睡声，窗外也没有群动的声息。

"还早哩！"

我的半年来睡眠不足的昏乱的脑经，这样的忖度了一下，我的有些昏痛的头颅仍复投上了草枕，睡着了。

第二次醒来，急急的跳出了床，跑到窗前去看跑马厅的大自鸣钟的时候，我的心里忽而起了一阵狂跳。我的模糊的睡眼，虽看不清那大自鸣钟的时刻，然而我的第六官却已感得了时间的迟暮，八点钟的快车大约总赶不到了。

天气不晴也不雨，天上只浮满了些不透明的白云，黄梅时节将过的时候，象这样的天气原是很多的。

我一边跑下楼去匆匆的梳洗，一边催听差的起来，问他是什么时候。因为我的一个镶金的钢表，在东京换了酒吃，一个新买的"爱而近"，去年在北京又被人偷了去，所以现在我只落得和桃花源里的乡老一样，要知道时刻，只能问问外来的捕鱼者"今是何世？"

听说是七点三刻了，我忽而衔了牙刷，莫名其妙的跑上楼跑下楼的跑了几次，不消说心中是在懊恼的。忙乱了一阵，后来又仔细想了一想，觉得终究是赶不上八点的早车了，我的心倒渐渐地平静了下去。慢慢的洗完了脸，换了衣服，我就叫听差的去雇了一乘人力车来，送我上火车站去。

我的故乡在富春山中，正当清冷的钱塘江的曲处。车到杭州，还要在清流的江上坐两点钟的轮船。这轮船有午前午后两班，午前八点，午后二点，各有一只同小孩的玩具似的轮船由江干开往桐庐去的。若在上海乘早车动身，则午后四五点钟，当午睡初醒的时候，我便可到家，与闺中的儿女相见，但是今天已经是不行了。（是阴历的六月初二）

不能即日回家，我就不得不在杭州过夜，但是羞涩的阮囊，连买半斤黄酒的余钱也没有的我的境遇，教我哪里能忍此奢侈。我心里又发起恼来了。可恶的我的朋友，你们既知道我今天早晨要走，昨夜就不该谈到这样的时候才回去的。可恶的是我自己，我已决定于今天早晨走，就不该拉住了他们谈那些无聊的闲话的。这些也不知是从哪里来的话？这些话也不知有什么兴趣？但是我们几个人愁眉蹙额的聚首的时候，起先总是默默，后来一句两句，话题一开，便倦也忘了，愁也丢了，眼睛就放起怖人的光来，有时高笑，有时痛哭，讲来讲去，去岁今年，总还是这几句话：

"世界真是奇怪，象这样轻薄的人，也居然能成中国的偶像的。"

"正唯其轻薄，所以能享盛名。"

"他的著作是什么东西呀！连抄人家的著书还要抄错！"

"唉唉！"

"还有××呢！比××更卑鄙，更不通，而他享的名誉反而更大！"

"今天在车上看见的那个犹太女子真好哩！"

"她的屁股正大得爱人。"

"她的臂膊！"

"啊啊！"

"恩斯来的那本《彭思生里参拜记》，你念到什么地方了?"

"三个东部的野人，

三个方正的男子，

他们起了崇高的心愿，

想去看看什，泻，奥夫，欧耳。"

"你真记得牢！"

象这样的毫无系统，漫无头绪的谈话，我们不谈则已，一谈起头，非要谈到块垒消尽，悲愤泄完的时候不止。唉，可怜的有识无产者，这些清谈，这些不平，与你们的脆弱的身体，高亢的精神，究有何补？罢了罢了，还是回头到正路上去，理点生产吧！

昨天晚上有几位朋友，也在我这里，谈了些这样的闲话，我入睡迟了；所以弄得今天赶车不及，不得不在西子湖边，住宿一宵，我坐在人力车上，孤冷冷的看着上海的清淡的早市，心里只在怨恨朋友，要使我多破费几个旅费。

二

人力车到了北站，站上人物萧条得很。大约是正在快车开出之后，慢车未发之先，所以现出这沉静的状态。我得了闲空，心里倒生出了一点余裕来，就在北站构内，闲走了一回。因为我此番归去，本来想去看看故乡的景状，能不能容我这零余者回家高卧，所以我所带的，只有两袖清风，一只空袋，和填在鞋底里的几张钞票——这是我的脾气，有钱的时候，老把它们填在鞋子底里。一则可以防止扒手，二则因为我受足了金钱的迫害，借此可以满足我对金钱复仇的心思，有时候我真有用了全身的气力，拚死蹂践它们的举动——而已，身边没有行李，在车站上跑来跑去是非常自由的。

天上的同棉花似的浮云，一块一块的消散开来，有几处竟现出青苍的笑靥来了。灰黄无力的阳光，也有几处看得出来。虽有霏微的海风，一阵阵夹了灰土煤烟，吹到这灰色的车站中间，但是伏天的暑热，已悄悄的在人的腋下腰间送信来了。啊啊！三伏的暑热，你们不要来缠扰我这消瘦的行路病者！你们且上富家的深闺里去，钻到那些丰肥红白的腿间乳下去，把她们的香液蒸发些出来吧！我只有这一件半旧的夏布长衫，若把汗水流污了，那明天就没得更换的呀！

在车站上踏来踏去的走了几遍，站上的行人，渐渐的多起来了。男的女的，行者送者，面上都堆着满贮希望的形容，在那里左旋右转。但是我——单只是我一个人——也无朋友亲戚来送我的行，更无爱人女弟，来作我的伴，只在脆弱的心中，无端的充满了万千的哀感：

"论才论貌，在中国的二万万男子中间，我也不一定说是最下流的人，何以我会变成这样的孤苦的呢！我前世犯了什么罪来？我生在什么星的底下的？我难道真没有享受快乐的资格的么？我不能信，我怎么也不能信。"

这样的一想，我就跑上车站的旁边入口处去，好象是看见了我认识的一位美妙的女郎来送我回家的样子。我走到门口，果真见了几个穿时样的白衣裙的女子，刚从人力车下来。其中有一个十七八岁的，戴白色运动软帽的女学生，手里提了三个很重的小皮篋，走近了我的身边，我不知不觉竟伸出了一只手去，想为她代拿一个皮篋，好减轻她一点负担，但她站住了脚，放开了黑晶晶的两只大眼反很诧异的对我看了一眼。

"啊啊！我错了，我昏了，好妹妹，请你不要动怒；我不是坏人，我不是车站上的小窃，不过我的想象力太强，我把你当作了我的想象中的人物，所以得罪了你。恕我恕我，对不起，对不起，你的两眼的责罚，是我所甘受的，你即用了你那只柔软的小手，批我一顿，我也是甘受的，我错了，我昏了。"

我被她的两眼一看，就同将睡的人受了电击一样，立时涨红了脸，发出了一身冷汗，心里作了一遍谢罪之辞，缩回了手，低下了头，匆匆的逃走了。

啊啊！这不是衣锦的还乡，这不是罗皮康（Rubicon）的南渡，有谁来送我的行，有谁来作我的伴呢！我的空想也未免太不自量了，我避开了那个女学生，逃到了车站大门口的边上人丛中躲藏的时候，心里还在跳跃不住。凝神屏气的立了一会，向四边偷看了几眼，一种不可捉摸的感情，笼罩上我的全身，我就不得不把我的夏布长衫的小襟拖上面去了。

三

"已经是八点四十五分了。我在这里躲藏也躲藏不过去的，索性快点去买一张票来上车去吧！但是不行不行，两边买票的人这样的多，也许她是在内的，我还是上口头的那扇近大门的窗口去买吧！这里买票的人却少得很！"

这样的打定了主意，我就东探西望的走上那玻璃窗口，去买了一张车票。伏倒了头，气喘吁吁的跑进了月台，我方晓得刚才买的是一张二等票，想想我脚下的余钱，又想想今晚在杭州不得不付的膳宿费，我心里忽而清了一清。经济与恋爱是不能两立的，刚才那女学生的事情，也渐渐的被我忘了。

浙江虽是我的父母之邦，但是浙江的知识阶级的腐败，一班教育家政治家对军人的谄媚，对平民的压制，以及小政客的婢妾的行为，无厌的贪婪，平时想起就要使我作呕。所以我每次回浙江去，总抱了一腔羞嫌的恶怀，障扇而过杭州，不愿在西子湖头作半日的勾留。只有这一回到了山穷水尽，我委委颓颓的逃返家中，仍想到我所嫌恶的故土去求一个息壤！投林的倦鸟，返壑的衰狐，当没有我这样的懊丧落胆的。啊啊！浪子的还家，只求老父慈兄，不责备我就对了，哪里还有批评故乡，憎嫌故乡的心思，我一想到这一次的卑微的心境，又不觉泫泫的落下泪来了。

我孤伶仃的坐在车里，看看外面月台上跑来跑去的旅人，和穿黄色制服的挑夫，觉得模糊零乱，他们与我的中间，有一道冰山隔住的样子。一面看看车站附近各工厂的高高的烟囱，又觉得我的头上身边，都被一层灰色的烟雾包围在那里。我深深的吸了一口气，把车窗打开来看梅雨晴时的空际。天上虽还不能说是晴朗，但一斛晴云，和几道光线，是在那里安慰旅人说：

"雨是不会下了，晴不晴开来，却看你们的运气吧！"

不多一忽，火车慢慢儿的开了。北站附近的贫民窟，同坟墓似的江北人的船室，污泥的水潴，晒在坍败的晒台上的女人的小衣，秽布，劳动者的破烂的衣衫等，一幅一幅的呈到我的眼前来，好象是老天故意把人生的疾苦，编成了这一部有系统的记录，来安慰我的样子。

啊啊，载人离别的你这怪兽！你不终不息的前进，不休不止的前进吧！你且把我的身体，搬到世界尽处去，搬入虚无之境去，一生一世，不要停止，尽是行行，行到世界万物都化作青烟，你我的存在都变成乌有的时候，那我就感激你不尽了。

由现代的物质文明产生出来的贫苦之景，渐渐的被大自然掩盖了下去，贫民窟过了，大都会附近之小镇（Vorstadt）过了，路线的两岸，只有平绿的田畴，美丽的别墅，洁净的野路，和壮健的农夫。在这调和的盛夏的野景中间，就是在路上行走的那一乘黄色人力车夫，也带有些浪漫的色彩。他好象是童话里的人物，并不是因为衣食的原因，却是为了自家的快乐，拉了车在那里行走的样子。若要在这大自然的微笑中间，指出一件令人不快的事物来，那就是野草中间横躺着的棺冢了。穷人的享乐，只有陶醉在大自然怀里的一刹那。在这一刹那中间，他能把现实的痛苦，忘记得干干净净，与悠久的天空，广漠的大地，化而为一。这是何等的残虐，何等的恶毒呢！当这样的地方，这样的时候，偏要把人间的归宿，生物的运命，赤裸裸的指给他看！

我是主张把中国的坟冢，把野外的枯骨，都掘起来付之一炬，或投入汪洋的大海里去的。

四

过了徐家汇，梵王渡，火车一程一程的进去，车窗外的绿色也一程一程的浓润起来；啊啊，我自失业以来，同鼠子蚊虫，蛰居在上海的自由牢狱里，已经有半年多的光景。我真想不到野外的自然，竟长得如此的清新，郊原的空气，会酿得如此的爽健的。啊啊，自然呀，大地呀，生生不息的万物呀，我错了，我不应该离开了你们，到那秽浊的人海中间去觅食去的。

车过了莘庄，天完全变晴了。两旁的绿树枝头，蝉声浑如雨降。我侧耳听听，回想我少年时的景象，象在做梦。悠悠的碧落，只留着几条云彩，在空际作霓裳的雅舞。一道阳光，偏洒在浓绿的树叶，匀称的稻秧，和柔软的青草上面。被黄梅雨盛满的小溪，奇形的野桥，水车的茅亭，高低的土堆，与红墙的古庙，洁净的农场，一幅一幅同电影似的尽在那里更换。我以车窗作了镜框，把这些天然的图画看得迷醉了，直等火车到松江停住的时候止，我的眼睛竟瞬息也没有移动。唉，良辰美景奈何天，我在这样的大自然里怕已没有生存的资格了吧，因为我的腕力，我的精神，都被现代的文明撒下了毒药，恶化成零，我哪里还有执了锄耜，去和农夫耕作的能力呢！

正直的农夫呀，你们是世界的养育者，是世界的主人公，我情愿为你们作牛作马，代你们的劳，你们能分一杯麦饭给我么？

车过了松江，风景又添了一味和平的景色。弯了背在田里工作的农夫，草原上散放着的羊群，平桥浅渚，野寺村场，都好象在那里作会心的微笑。火车飞过一处乡村的时候，一家泥墙草舍里忽有几声鸡唱的声音，传了出来。草舍的门口有一个赤膊的农夫，吸着烟站在那里对火车呆看。我看了这些纯朴的村景，又不知不觉的叫了起来：

"啊啊！这和平的村落，这和平的村落，我几年不与你相接了。"

大约是叫得太响了，我的前后的同车者，都对我放起惊异的眼光来。幸而这是慢车，坐二等车的人不多，否则我只能半途跳下车去，去躲避这一次的羞耻了。我被他们看得不耐烦，并且肚里也觉得有些饥了，用手向鞋底里摸了一摸，迟疑了一会，便叫过茶房来，命他为我搬一客番菜来吃。我动身的时候，脚底下只藏着两张钞票。火车票买后，左脚下的一张钞票已变成了一块多的找头，依理而论是不该在车上大吃的。然而愈有钱愈想节省，愈贫穷愈要瞎化，是一般的心理，我此时也起了自暴自弃的念头：

"横竖是不够的，节省这几个钱，有什么意思，还是吃吧！"

但是一个欲望满足了的时候，第二个欲望马上要起来的，我喝了汤，吃了块面包之后，喉咙觉得干渴起来了，便又起了一个自暴自弃的念头，率性叫茶房把啤酒汽水拿两瓶来吧。啊啊，危险危险，我右脚下的一张钞票，已有半张被茶房撕去了。

一边饮食，一边我仍在赏玩窗外的水光云影。在几个小车站上停了几次，轰轰的过了几处铁桥，等我中餐吃完的时候，火车已经过了嘉兴驿了，吃了个饱满，并且带了三分醉意，我心里虽时时想到今晚在杭州的膳宿费，和明天上富阳去的轮船票，不免有些忧郁，但是以全体的气慨讲来，这时候我却是非常快乐，非常满足的：

"人生是现在一刻的连续，现在能够满足，不就好了么？一刻之后的事情，又何必去想它，明天明年的事情，更可丢在脑后了。一刻之后，谁能保得火车不出轨！谁能保得我不死？罢了罢了，我是满足得很！哈哈哈哈……"

我心里这样的很满足的在那里想，我的脚就慢慢的走上车后的眺望台去。因为我坐的这挂车是最后的一挂，所以站在眺望台上，既可细看野景，又可静听蝉鸣，接受些天风。我站在台上，一手捏住铁栏，一手用了半枝火柴在剔牙齿。凉风一阵阵的吹来，野景一幅幅的过去，我真觉得太幸福了。

五

我平生感得幸福的时间，总不能长久。一时觉得非常满足之后，其后必有绝大的悲怀相继而起。我站在车台上，正在快乐的时候，忽而在万绿丛中看见了一幅美满的家庭团叙之图。一个年约三十一二的壮健的农夫，两手擎了一个周岁的小孩，在桑树影下笑乐。一个穿青布衫的与农夫年纪相仿的农妇，笑微微的站在旁边守着他们。在他们上面晒着的阳光树影，更把他们的美满的意情表现得十分明显。地上摊着一只饭箩，一瓶茶，几只菜饭碗。这一定是那农妇送来餙她男人的无疑。啊啊，桑间陌上，夫唱妇随，更有你两个爱情的结晶，在中间作姻缘的缔带，你们是何等幸福呀！然而我呢！啊啊我啊？我是一个有妻不能爱，有子不能抚的无能力者，在人生战斗场上的惨败者，现在是在逃亡的途中的行路病者，啊！农夫呀农夫，愿你与你的女人和好终身，愿你的小孩聪明强健，愿你的田谷丰多，愿你幸福！你们的灾殃，你们的不幸，全交给了我。凡地上一切的苦恼，悲哀，患难，索性由我一人负担了去吧！

我心里虽这样的在替他祝福，我的眼泪却连连续续的落了下来。半年以来，因为失业的原因，在上海流离的苦处，我想起来了。三个月前头，我的女人和小孩，孤苦零仃的由这条铁路上经过，萧萧索索的回家去的情状，我也想出来了。啊啊，农家夫妇的幸福，读书阶级的飘零！我女人经过的悲哀的足迹，现在更由我在一步步的践踏过去！若是有情，怎得不哭呢！

四围的景色，忽而变了，一刻前那样丰润华丽的自然的美景，都好象在那里嘲笑我的样子：

"你回来了么？你在外国住了十几年，学了些什么回来？你的能力怎么不拿些出来让我们看看？现在你有养老婆儿子的本领么？哈哈！你读书学术，到头来还是归到乡间去啗你祖宗的积聚！"

我俯首看看飞行车轮，看看车轮下的两条白闪闪的铁轨和枕木卵石，忽而感得了一种强烈的死的诱惑。我的两脚抖了起来，踉跄前进了几步，又呆呆的俯视了一忽，两手捏住了铁栏，我闭着眼睛，咬紧牙齿，在脚尖上用了一道死力，便把身体轻轻的抬跳起来了。

六

啊啊，死的胜利呀！我当时若志气坚强一点，早就脱离了这烦恼悲苦的世界，此刻好坐在天神 Beatrice 的脚下拈花作微笑了。但是我那一跳，气力没有用足。我打开眼睛来看时，大地高天，稻田草地，依旧在火车的四周驰骋，车轮的辗声，依旧在我的耳朵里雷鸣，我的身体却坐在栏杆的上面，绝似病了的鹦鹉，被锁住在铁条上待毙的样子。我看看两旁的美景，觉得半点钟以前的称颂自然美的心境，怎么也回复不过来。我以泪眼与碎石的灵山相对，觉得硖西公园后石山上在太阳光下游玩的几个男女青年，都是挤我出世界外去的魔鬼。车到了临平，我再也不能细赏那荷花世界柳丝乡的风味。我只觉得青翠的临平山，将要变成我的埋骨之乡。笕桥过了，艮山门过了。灵秀的宝俶山，奇兀的北高峰，清泰门外贯流着的清浅的溪流，溪流上摇映着的萧疏的杨柳，野田中交叉的窄路，窄路上的行人，前朝的最大遗物，参差婉绕的城墙，都不能唤起我的兴致来。车到了杭州城站，我只同死刑囚上刑场似的下了月台。一出站内，在青天皎日的底下，看看我儿时所习见的红墙旅舍，酒馆茶楼，和年轻气锐的生长在都会中的妙年人士，我心里只是怦怦的乱跳，仰不起头来。这种幻灭的心理，若硬要把它写出来的时候，我只好用一个譬喻。譬如当青春的年少，我遇着了一位绝世的佳人，她对我本是初恋，我对她也是第一次的破题儿。两人相携相挽，同睡同行，春花秋月的过了几十个良宵。后来我的金钱用尽，女人也另外有了心爱的人儿，她就学了樊素，同春去了。我只得和悲哀孤独，贫困恼羞，结成伴侣。几年在各地流浪之余，我年纪也大了，身体也衰了，披了一身破褴的衣服，仍复回到当时我两人并肩携手的故地来。山川草木，星月云霓，仍不改其美观。我独坐湖滨，正在临流自吊的时候，忽在水面看见了那弃我而去的她的清影。她容貌同几年前一样的娇柔，衣服同几年前一样的华丽，项下挂着的一串珍珠，比从前更加添了一层光彩，额上戴着的一圈玛瑙，比曩时更红艳得多了。且更有难堪者，回头来一看，看见了一位文秀闲雅的美少年，站在她的背后，用了两手在那里摸弄她的腰背。

啊啊！这一种譬喻，值得什么？我当时一下车站，对杭州的天地感到的那一种羞惭懊丧，若以言语可以形容的时候，我当时的夏布衫袖，就不会被泪汗湿透了，因为说得出譬喻得出的悲怀，还不是世上最伤心的事情呀。我慢慢俯了首，离开了刚下车的人群与争揽客人的车夫和旅馆的招待者，独行踽踽的进了一家旅馆，我的心里好象有千斤重的一块铅石垂在那里的样子。

打了一个单房间，洗了一个脸，茶房拿了一张纸来，要我填上姓名年岁籍贯职业。我对他呆呆的看了一忽，他好象是疑我不曾出过门，不懂这规矩的样子，所以又仔仔细细的解说了一遍。啊啊，我哪里是不懂规矩，我实在是没有写的勇气哟，我的无名的姓氏，我的故乡的籍贯，我的职业！啊啊！叫我写出什么来？

被他催迫不过，我就提起笔来写了一个假名，填上了异乡人的三字，在职业栏下写了一个无字。不知不觉我的眼泪竟濮嗒濮嗒的滴了两滴在那张纸上。茶房也看得奇怪，向纸上看了一看，又问我说：

"先生府上是哪里，请你写上了吧，职业也要写的。"

我没有方法，就把异乡人三字圈了，写上朝鲜两字，在职业之下也圈了一圈，填了"浮浪"两字进去。茶房出去之后，我就关上了房门，倒在床上尽情的暗泣起来了。

七

伏在床上暗泣了一阵，半日来旅行的疲倦，征服了我的心身。在朦胧半觉的中间，我听见了几声咯咯的叩门声。糊糊涂涂的起来开了门，我看见祖母，不言不语的站在门外。天色好象晚了，房里只是灰黑的辨不清方向。但是奇怪得很，在这灰黑的空气里，祖母面上的表情，我却看得清清楚楚。这表情不是悲哀，当然也不是愉乐，只是一种压人的庄严的沉默。我们默默的对坐了几分钟，她才移动了她那皱纹很多的嘴说：

"达！你太难了，你何以要这样的孤洁呢！你看看窗外看！"

我向她指着的方向一望，只见窗下街上黑暗嘈杂的人丛里有两个大火把在那里燃烧，再仔细一看，火把中间坐着一位木偶，但是奇极怪极，这木偶的面貌，竟完全与我的一个朋友的面貌一样。依这情景看来，大约是赛会了，我回转头来正想和祖母说话，房内的电灯拍的响了一声，放起光来了，茶房站在我的床前，问我晚饭如何？我只呆呆的不答，因为祖母是今年二月里刚死的，我正在追想梦里的音容，哪里还有心思回茶房的话哩？

遣茶房走了，我洗了一个面，就默默的走出了旅馆。夕阳的残照，在路旁的层楼屋脊上还看得出来。店头的灯火，也星星的上了。日暮的空气，带着微凉，拂上面来。我在羊市街头走了几转，穿过车站的庭前，踏上清泰门前的草地上去。沉静的这杭州故郡，自我去国以来，也受了不少的文明的侵害，各处的旧迹，一天一天的被拆毁了。我走到清泰门前，就起了一种怀古之情，走上将拆而犹在的城楼上去。城外一带杨柳桑树上的鸣蝉，叫得可怜。它们的哀吟，一声声沁入了我的心脾，我如同海上的浮尸，把我的情感，全部付托了蝉声，尽做梦似的站在丛残的城堞上看那西北的浮云和暮天的急情，一种淡淡的悲哀，把我的全身溶化了。这时候若有几声古寺的钟声，当当的一下一下，或缓或徐的飞传过来，怕我就要不自觉的从城墙上跳入城濠，把我灵魂和入在晚烟之中，去笼罩着这故都的城市。然而南屏还远，Curfew①今晚上是不会鸣了。我独自一个冷清清地立了许久，看西天只剩了一线红云，把日暮的悲哀尝了个饱满，才慢慢地走下城

---

① Curfew，英语，本指（中世纪人们用来熄灯睡觉的）晚钟，暮钟，这里指古寺的钟声。

来。这时候天已黑了，我下城来在路上的乱石上钩了几脚，心里倒起了一种莫名其妙的恐怖。我想想白天在火车上谋自杀的心思和此时的恐怖心一比，就不觉微笑了起来，啊啊，自负为灵长的两足动物哟，你的感情思想，原只是矛盾的连续呀！说什么理性？讲什么哲学？

走下了城，踏上清冷的长街，暮色已经弥漫在市上了。各家的稀淡的灯光，比数刻前增加了一倍势力。清泰门直街上的行人的影子，一个一个从散射在街上的电灯光里闪过，现出一种日暮的情调来。天气虽还不曾大热，然而有几家却早把小桌子摆在门前，露天的在那里吃晚饭了。我真成了一个孤独的异乡人，光了两眼，尽在这日暮的长街上彳亍前进。

我在杭州并非没有朋友，但是他们或当厅长，或任参谋，现在正是非常得意的时候；我若飘然去会，怕我自家的心里比他们见我之后憎嫌我的心思更要难受。我在沪上，半年来已经饱受了这种冷眼，到了现在，万一家里容我，便可回家永住，万一情状不佳，便拟自决的时候，我再也犯不着去讨这些没趣了。我一边默想，一边看看两旁的店家在电灯下围桌晚饭的景象，不知不觉两脚便走入了石牌楼的某中学所在的地方。啊啊，桑田沧海的杭州，旗营改变了，湖滨添了些邪恶的富家翁的别墅，但是这一条街，只有这一条街，依旧清清冷冷，和十几年前我初到杭州考中学的时候一样。物质文明的幸福，些微也享受不着，现代经济组织的流毒，却受得很多的我，到了这条黑暗的街上，好象是已经回到了故乡的样子，心里忽感得了一种安泰，大约是兴致来了，我就踏进了一家巷口的小酒店里去买醉去。

八

在灰黑的电灯底下，面朝了街心，靠着一张粗木的桌子，坐下喝了几杯高粱，我终觉得醉不成功。我的头脑，愈喝酒愈加明晰，对于我现在的境遇反而愈加自觉起来了。我放下酒杯，两手托着了头，呆呆的向灰暗的空中凝视了一会，忽而有一种沉郁的哀音夹在黑暗的空气里，渐渐的从远处传了过来。这哀音有使人一步一步在感情中沉没下去的魔力，真可以说是中国管弦乐所独具的神奇。过了几分钟，这哀音的发动者渐渐的走近我的身边，我才辨出了胡琴与碰击磁器的谐音来。啊啊！你们原来是流浪的音乐家，在这半开化的杭州城里想来卖艺糊口的可怜虫！

他们二三人的瘦长的清影，和后面跟着看的几个小孩，在酒馆前头掠过了。那一种凄楚的谐音，也一步一步的幽咽了，听不见了。我心里忽起了一种绝大的渴念，想追上他们，去饱尝一回哀音的美味，付清了酒账，我就走出店来，在黑暗中追赶上去。但是他们的几个人，不知走上了什么方向，我拚死的追寻，终究寻他们不着。唉，这昙花的一现，难道是我的幻觉么？难道是上帝显示给我的未来的预言么？但是那悠扬沉郁的弦音和磁盘碰击的声响，还缭绕在我的心中。我在行人稀少的黑暗的街上东奔西走的追寻了一会，没有方法，就只好从丰乐桥直街走到了西湖的边上去。

湖上没有月华，湖滨的几家茶楼旅馆，也只有几点清冷的电灯，在那里放淡薄的微光；宽阔的马路上，行人也寥落得很。我横过了湖塍马路，在湖边上立了许久。湖的三面，只有沉沉的山影，山腰山脚的别庄里，有几点微明的灯火，要静看才看得出来。几颗淡淡的星光，倒映在湖里，微风吹来，湖里起了几声豁豁的浪声。四边静极了。我把一枝吸尽的纸烟头丢入湖里，啾的响了一声，纸烟的火就熄了。我被这一种静寂的空气压迫不过，就放大了喉咙，对湖心噢噢的发了一声长啸，我的胸中觉得舒畅了许多。沿湖的向西走了一段，我忽在树阴下椅子上，发见了一对青年的男女。他和她的态度太无忌惮了，我心里便忽起了一种诅咒之情，把刚才长啸之后的畅怀消尽了。

啊啊！青年的男女哟！享受青春，原是你们的特权，也是我平时的主张。但是，但是你们在不幸的孤独者前头，总应该谦逊一点，方能完全你们的爱情的美处。你们且牢牢记着吧！对了贫儿，切不要把你们的珍珠宝物显给他看，因为贫儿看了，愈要觉得他自家的贫困的呀！

我从人家睡尽的街上，走回城站附近的旅馆里来的时候，已经是深夜了。解衣上床，躺了一会，终觉得睡不着。我就点上一枝纸烟，一边吸着，一边在看帐顶。在沉闷的旅舍夜半的空气里，我忽而听见了一阵清脆的女人声音，和门外的茶房，在那里说话。

"来哉来哉！噢哟，等得诺（你）半业（日）嗒哉！"

这是轻佻的茶房的声音。

"是哪一位叫的？"

啊啊！这一定是土娼了！

"仰（念）三号里！"

"你同我去呵！"

"噢哟，根（今）朝诺（你）个（的）面孔真白嗒！"

茶房领了她从我门口走过，开入了间壁念三号的房里。

"好哉，好哉！活菩萨来哉！"

茶房领到之后，就关上门走下楼去了。

"请坐。"

"不要客气！先生府上是哪里？"

"阿拉（我）宁波。"

"是到杭州来耍子儿的么？"

"来宵（烧）香个。"

"一个人么？"

"阿拉邑个宁（人），京（今）教（朝）体（天）气轧业（热），查拉（为什么）勿赤膊？"

"舍话语！"

"诺（你）勿脱，阿拉要不（替）诺脱哉。"

"不要动手，不要动手！"

"回（还）朴（怕）倒霉索啦？"

"不要动手，不要动手！我自家来解吧。"

"阿拉要摸一摸！"

吃吃的窃笑声，床壁的震动声。

啊啊！本来是神经衰弱的我，即在极安静的地方，尚且有时睡不着觉，哪里还经得起这样淫荡的吵闹呢！北京的浙江大老诸君呀，听说杭州有人倡设公娼的时候，你们竭力的反对，你们难道还不晓得你们的子女姊妹在干这种营业，而在扰乱及贫苦的旅人的么？盘踞在当道，只知敲剥百姓的浙江的长官呀！你们若只知聚敛，不知济贫，怕你们的妻妾，也要为快乐的原因，学她们的妙技了。唉唉！"邑有流亡愧俸钱"，你们曾听人说过这句诗否！

九

我睡在床上，被间壁的淫声挑拨得不能合眼，没有方法，只得起来上街去闲步。这时候大约是后半夜的一二点钟的样子，上海的夜车已到着，羊市街福绿巷的旅店，都已关门睡了。街上除了几乘散乱停住的人力车外，只有几个敝衣凶貌的罪恶的子孙在灰色的空气里阔步。我一边走一边想起了留学时代在异国的首都里每晚每晚的夜行，把当时的情状与现在在这中国的死灭的都会里这样的流离的状态一对照，觉得我的青春，我的希望，我的生活，都已成了过去的云烟，现在的我和将来的我只剩得极微细的一些儿现实味，我觉得自家实际上已经成了一个幽灵了。我用手向身上摸了一摸，觉得指头触着了一种极粗的夏布材料，又向脸上用了力摘了一把，神经也感得了一种痛苦。

"还好还好，我还活在这里，我还不是幽灵，我还有知觉哩！"

这样的一想，我立时把一刻前的思想打消，却好脚也正走到了拐角头的一家饭馆前了。在四邻已经睡寂的这深更夜半，只有这一家店同睡相不好的人的嘴似的空空洞洞的开在那里。我晚上不曾吃过什么，一见了这家店里的锅子炉灶，便觉得饥饿起来了，所以就马上踏了进去。

喝了半斤黄酒，吃了一碗面，到付钱的时候，我又痛悔起来了。我从上海出发的时候，本来只有五元钱的两张钞票。坐二等车已经是不该的了，况又在车上大吃了一场。此时除付过了酒面钱外，只剩得一元几角余钱，明天付过旅馆宿费，付过早饭账，付过从城站到江干的黄包车钱，哪里还有钱购买轮船票呢？我急得没有方法，就在静寂黑暗的街巷里乱跑了一阵，我的身体，不知不觉又被两脚搬到了西湖边上。湖上的静默的空气，比前半夜，更增加了一层神秘的严肃。游戏场也已经散了，马路上除了拐角头边上的没有看见车夫的几乘人力车外，生动的物事一个也没有。我走上了环湖马路，在一家往时也曾投宿过的大旅馆的窗下立了许久。看看四边没有人影，我心里忽然来了一种恶魔的诱惑。

"破窗进去吧，去撮取几个钱来吧！"

我用了心里的手，把那扇半掩的窗门轻轻地推开，把窗门外的铁杆，细心地拆去了二三枝，从墙上一踏，我就进了那间屋子。我的心眼，看见床前白帐子下摆着一双白花缎的女鞋，衣架上挂着一件纤巧的白华丝纱衫，和一条黑纱裙。我把洗面台的抽斗轻轻抽开，里边在一个小小儿的粉盒和一把白象牙骨折扇的旁边，横躺着一个沿口有光亮的钻珠绽着的女人用的口袋。我向床上看了几次，便把那口袋拿了，走到窗前，心里起了一种怜惜羞悔的心思，又走回去，把口袋放归原处。站了一忽，看看那狭长的女鞋，心里忽又起了一种异想，就伏倒去把一只鞋子拿在手里。我把这女鞋闻了一回，玩了一回，最后又起了一种惨忍的决心，索性把口袋鞋子一齐拿了，跳出窗来。我幻想到了这里，忽而回复了我的意识，面上就立时变得绯红，额上也钻出了许多汗珠。我眼睛眩晕了一阵，我就急急的跑回城站的旅馆来了。

十

奔回到旅馆里，打开了门，在床上静静地躺了一忽，我的兴奋，渐渐地镇静了下去。间壁的两位幸福者也好象各已倦了，只有几声短促的鼾声和时时从半睡状态里漏出来的一声二声的低幽的梦话，击动我的耳膜。我经了这一番心里的冒险，神经也已倦竭，不多一会，两只眼包皮就也沉沉的盖下来了。

一睡醒来，我没有下床，便放大了喉咙，高叫茶房，问他是什么时候。

"十点钟哉，鲜散（先生）！"

啊啊！我记得接到我祖母的病电的时候，心里还没有听见这一句回话时的恼乱！即趁早班轮船回去，我的经济，已难应付，哪里还禁得在杭州再留半日呢？况且下午二点钟开的轮船是快班，价钱比早班要贵一倍。我没有方法，把脚在床上蹬踢了一回，只得悻悻地起来洗面。用了许多愤激之辞，对茶房发了一回脾气，我就付了宿费，出了旅馆从羊市街慢慢的走出城来。这时候我所有的财产全部，除了一个瘦黄的身体之外，就是一件半旧的夏布长衫，一套白洋纱的小衫裤，一双线袜，两只半破的白皮鞋和八角小洋。

太阳已经升上了中天，光线直射在我的背上。大约是因为我的身体不好，走不上半里路，全身的粘汗竟流得比平时更多一倍。我看看街上的行人，和两旁的住屋中的男女，觉得他们都很满足的在那里享乐他们的生活，好象不晓得忧愁是何物的样子。背后忽而起了一阵铃响，来了一乘包车，车夫向我骂了几句，跑过去了，我只看见了一个坐在车上穿白纱长衫的少年绅士的背形，和车夫的在那里跑的两只光腿。我慢慢的走了一段，背后又起了一阵车夫的威胁声，我让开了路，回转头来一看，看见了三部人力车，载着三个很纯朴的女学生，两腿中间各夹着些白皮箱铺盖之类，在那里向我冲来。她们大约是放了暑假赶回家去的，我此时心里起了一种悲愤，把平时祝福善人的心地忘了，却用了憎恶的眼睛，狠狠的对那些威胁我的人力车夫看了几眼。啊啊，我外面的态度虽则如此凶恶，但一边我却在默默的原谅他们的呀！

"你们这些可怜的走兽，可怜你们平时也和我一样，不能和那些年轻的女性接触。这也难怪你们的，难怪你们这样的乱冲，这样的兴高采烈的。这几个女性的身体岂不是载在你们的车上的么？她们的白嫩的肉体上岂不是有一种电气会传到你们的身上来的么？虽则原因不同，动机卑微，但是你们的汗，岂不也是为了这几个女性的肉体而流的么？啊啊，我若有气力，也愿跟了你们去典一乘车来，专拉这样的如花少女。我更愿意拚死的驰驱，消尽我的精力。我更愿意不受她们金钱酬报。"

走出了凤山门，站住了脚，默默的回头来看了一眼，我的眼角又忽然涌出了两颗珠露来！

"珍重珍重，杭州的城市！我此番回家，若不马上出来，大约总要在故乡永住了，我们的再见，知在何日？万一情状不佳，故乡父老不容我在乡间终老，我也许到严子陵的钓石矶头，去寻我的归宿的，我这一瞥，或将成了你我的最后的诀别！我到此刻，才知道我胸际实在在痛爱你的明媚的湖山的，不过盘踞在你的地上的那些野心狼子，不得不使我怨你恨你而已。啊啊，珍重珍重，杭州的城市！我若在波中淹没的时候，最后映到我的心眼上来的，也许是我儿时亲睦的你的这媚秀的湖山吧！"

一九二三年七月三十日

还乡后记

　　风烟俱净，天山共色，从流飘荡，任意东西，自富阳至桐庐一百许里，奇山异水，天下独绝。水皆缥碧，千丈见底，游鱼细石，直视无碍，急湍甚箭，猛浪若奔，隔岸高山，皆生寒树，负势竞上，互相轩邈，争高直指，千百成群。泉水激石，冷冷作响，好鸟相鸣，嘤嘤成韵。蝉则千啭不穷，猿则百叫无绝。鸢飞戾天者，望峰息心，经纶世务者，窥谷忘反，横柯上蔽，在昼犹昏，疏条交映，有时见日。

——吴均

一

Où Peut-on étre mieux qu'au sein de sa famille?

——法国的古歌

　　"比在家庭的怀抱里觉得更好的地方，是什么地方?"象这样的地方，当然是没有的，法国的这一句古歌，实在是把人情世态道尽了。

当微雨潇潇之夜，你若身眠古驿，看看萧条的四壁，看看一点欲尽的寒灯，倘不想起家庭的人，这人便是没有心肠者，任它草堆也好，破窑也好，你儿时放摇篮的地方，便是你死后最好的葬身之所呀！我们在客中卧病的时候，每每要想及家乡岂不就是这事的明证。

我空拳只手的奔回家去，到了杭州，又把路费用尽；在赤日的底下，在车行的道上，我就不得不步行出城。缓步当车，说起来倒是好听，但是在二十世纪的堕落的文明里，沉沦过的我，生得又贫贱多骄，喜张虚势；更何况一向以享乐为主义的我，自然哪里能够安贫守分，蹀躞泥中呢！

这一天阴历的六月初三，天气倒好得很。但是炎炎的赤日，只能助长有钱有势的人的纳凉佳兴，与我这行路病者，却是丝毫无补的！我慢慢的出了凤山门，立在城河桥上，一边用了我那半旧的夏布长衫襟袖，揩拭汗水，一边回头来看看杭州的城市，与杭州城上盖着的青天和城墙界上的一排山岭，真有万千的感慨，横亘在胸中。预言者自古不为其故乡所容，我今朝却只能对了故里的丘山，来求最后的荫庇，五柳先生的心事，痛可知了。

啊啊！亲爱的诸君，请你们不要误会，我并非是以预言者自命的人，不过说我流离颠沛，却是与预言者的境遇相同，社会错把我作了天才看待罢了。即使罗秀才能行破石飞鸡的奇迹，然而他的品格，岂不和飘泊在欧洲大陆，猖狂乞食的寄泊栖（gipsy）一样的卑下的么？

我勉强走到了江干，腹中饥饿得很了。回故乡去的早班轮船，当然已经开出，等下午的快船出发，还有三个钟头。我在杂乱窄狭的南星桥市上飘流了一会，在靠江的一条冷清的夹道里找出了一家坍败的饭馆来。

饭店的房屋的骨格，同我的胸腔一样，肋骨一条一条地数得出来。幸亏还有左侧的一根木橼，从邻家墙上，横着支住在那里，否则怕去秋的潮汛，早好把它拉入江心，作伍子胥的烧饭柴火了。店里的几张板凳桌子，都积满了灰尘油腻，好象是前世纪的遗物。账柜上坐着一个四十内外的女人，在那里做鞋子。灰色的店里，并没有什么生动的气象，只有在门口柱上贴着的一张"安寓客商"的尘蒙的红纸，还有些微现世的感觉。我因为脚下的钱已快完，不能更向热闹的街心去寻辉煌的菜馆，所以就慢慢的踱了进去。

啊啊，物以类聚！你这短翼差池的饭馆，你若是二足的走兽，那我正好和你分庭抗礼结成它一对的兄弟！

二

假使天公下一阵微雨，把钱塘江两岸的风景，罩得烟雨模糊，把江边的泥路，浸得污浊难行，那么这时候江干的旅客，必要减去一半；那么我乘船归去，至少可以少遇见几个晓得我的身世的同乡；即使旅客不因之而减少，只教天上有暗淡的愁云浮着，阶前屋外有雨滴的声音，那么围绕在我周围的空气和自然的景物，总要比现在更带有些阴惨的色彩，总要比现在和我的心境更加相符。若希望再奢一点，我此刻更想有一具黑漆棺木在我的旁边。最好是秋风凉冷的九十月之交，叶落的林中，阴森的江上，不断地筛着渺濛的秋雨。我在凋残的芦苇里，雇了一叶扁舟，当日暮的时候，送灵柩回去。小船除舟子而外，不要有第二个人。棺里卧着的，若不是和我寝处追随的一个年少妇人，至少也须是一个我的至亲骨肉。我在灰暗微明的黄昏江上，雨声淅沥的芦苇丛中，赤了足，张了油纸雨伞，提了一张灯笼，摸上船头上去焚化纸帛。

我坐在靠江的一张破桌子上，等那柜上的妇人下来替我炒蛋炒饭的时候，看看西兴对岸的青山绿树，看看江上的浩荡波光，又看看在江边沙渚的晴天赤日下来往的帆樯肩舆和舟子牛车，心里忽起了一种怨恨天帝的心思。我怨恨了一阵，痴想了一阵，就把我的心愿，原原本本的排演了出来。我一边在那里焚化纸帛，一边却对棺里的人说："Jeanne①！我们要回去了，我们要开船了！怕有野鬼来麻烦，你就拿这一点纸帛送给他们吧！你可要饭吃？你可安稳？你可觉得伤心？你不要怕，我在这里，我什么地方都不去了，我在你的边上……"

我幽幽的讲到最后的一句，咽喉就塞住了。我在座上拱了两手，把头伏了下去，两面颊上，只感着了一道热气。我重新把我所欲爱的女人，一个一个想了出来，见她们闭着口眼，冰冷的直卧在我的前头，我觉得隐忍不住了，竟任情的放了一声哭声。那个在炉灶上的妇人，以为我在催她的饭，她就同哄小孩子似的用了柔和的声气说：

"好了好了！就快好了，请再等一忽儿！"

啊啊，我又想起来了，我又想起来了，年幼的时候，当我哭泣的时候，祖母母亲哄我的那一种声气！

"已故的老祖母，倚闾的老母亲！你们的不肖的儿孙，现在正落魄了在江干等回故里的船呀！"

我在自己制成的伤心的泪海里游泳了一会，那妇人捧了一碗

---

① Jeanne，法语，让娜。是法语中普通女子的名字。

汤，一碗炒饭，摆到了我的面前来。我仰起头对她一看，她倒惊了一跳。对我呆看了一眼，她就去绞了一块手巾递给我，叫我擦一擦面。我对了这半老妇人的殷勤，心里说不出的只在感激。几日来因为睡眠不足，营养不良的缘故，已经是非常感情衰弱，动着就要流泪的我，对她的这一种感谢，也变成了两行清泪，噗嗒的滴下了腮来。她看了这种情形，就问我说：

"客人，你可是遇见了坏人？"

我摇一摇头，勉强的对她笑了一笑，什么话也不能回答。她呆呆的立了一回，看我不能讲话，也就留了一句"饭不够，好再炒的"安慰我的话，走向她的柜上去了。

三

我吃完了饭，付了她二角银角子，把找回来的八九个铜子，也送给了她，她却摇着头说：

"客人，你是赶船的么？船上要用钱的地方多得很哩，这几个铜子你收着用吧！"

我以为她怪我吝啬，只给她几个铜子的小账，所以又摸了两角银角子出来给她。她却睁大了眼睛对我说：

"咿咿！这算什么？这算什么？"

她硬不肯受，我才知道了她的真意，所以说：

"但是无论如何，我总要给你几个小账的。"

她又推了一回，才收了三个铜子说：

"小账已经有了。"

啊啊，我自回中国以来，遇见的都是些卑污贪暴的野心狼子，我万万想不到在浇薄的杭州城外，有这样的一个真诚的妇人的。妇人呀妇人，你的坍败的屋椽，你的凋零的店铺，大约就是你的真诚的结果，社会对你的报酬！啊啊，我真恨我没有黄金十万，为你建造一家华丽的大酒楼。

"再会再会！"

"顺风顺风！船上要小心一点。"

"谢谢！"

我受妇人的怜惜，这可算是平生的第一次。

走出了饭馆，从太阳晒着的这条冷静的夹道，走上轮船公司的那条大街上去。大约是将近午饭的时候了，街上的行人，比曩时少了许多。我走到轮船公司门口，向窗里一看，见账房内有五六个男子围了桌子，赤了膊在那里说笑吃饭。卖票的窗前的屋里，在角头椅上，只坐着两个乡下人，在那里等候，从他们的衣服态度上看来，他们想必是临浦萧山一带的农民，也不知他们有什么心事，他们的眉毛却蹙得紧紧的。

我走近了他们，在他们旁边坐下之后，两人中间的一个看了我一眼，问我说：

"鲜散（先生）！到临浦厌办（烟篷）几个脸（钱）？"

"我也不知道，大约是一二角角子吧。"

"喏（你）到啥地方起（去）咯？"

"我上富阳去的。"

"哎（我们）是为得打官司到杭州来咯。"

我并不问他，他却把这一回因为一个学堂里出身的先生告了他的状，不得不到杭州来的事情对我详细的诉说了：

"哎真勿要打官司啦！格煞（现在）田里已（又）忙，宁（人）也走勿开，真真苦煞哉啦！汉（那）个学堂里个（的）鲜散，心也脱凶哉，哎请啦宁刚（讲）过好两遍，情愿拿出八十块洋钿不（给）其（他），其（他）要哎百念块。喏（你）看，格煞五荒六月，教哎啥地方去变出一百念块洋钿来呢！"

他说着似乎是很伤心的样子。

"唉唉！你这老实的农民，我若有钱，我就给你一百二十块钱救你出险了。但是

Thou's met me in an evil hour,

......

To spare thee now is past my power①,

......

我心里这样的一想，又重新起了一阵身世之悲。他看我默默的不语，便也住了口，仍复沉入悲愁的境里去了。

四

我坐在轮船公司的那只角上，默默的与那农民相对，耳里断断续续的听了些在账房里吃饭的人的笑语，只觉得一阵一阵的哀心隐痛，绝似临盆的孕妇，要产产不出来的样子。

杭州城外，自闸口至南星，统江干一带，本是我旧游之地；我记得没有去国之先，在岸边花艇里，金樽檀板，也曾眠醉过几场。江上的明月，月下的青山，与越郡的鸡酒，佐酒的歌姬，当然依旧在那里助长人生的乐趣。但是我呢？我身上的变化呢？我的同干柴似的一双手里，只捏了三个两角的银角子，在这里等买船票！

过了一点多钟，轮船公司的那间屋里，挤满了旅人，我因为

---

① 英语，译为：你我相遇在不幸的时刻……我在此时却无力拯救你。

怕逢着认识我的同乡，只俯了首，默默的坐着不敢吐气。啊啊，窗外的被阳光晒着的长街，在街上手轻脚健快快活活来往的行人，请你们饶恕我的罪吧，这时候我心里真恨不得丢一个炸弹，与你们同归于尽呀。

跟了那两个农民，在窗口买了一张烟篷船票，我就走出公司，走上码头，走上跳板，走上驳船去。

原来钱塘江岸，浅滩颇多，码头下有一排很长的跳板，接在那里。我跟了众人，一步一步的从跳板上走到驳船里去的时候，却看见了一个我自家的影子，斜映在江水里，慢慢的在那里前进，等走到跳板尽处，将上驳船的时候，我心里忽而想起了一段我女人写给我的信上的话：

"我从来没有一个人单独出过门，那天晚上，我对你说的让我一个人回去的话，原是激于一时的意气而发，我实不知道抱着一个六个月的孩子的妇人的单独旅行，是如何苦法。那天午后，你送我上车，车开之后，我抱了龙儿，看看车里坐着的男女，觉得都比我快乐。我又探头出来，遥向你住着的上海一望，只见了几家工厂，和屋上排列在那里的一列烟囱。我对龙儿看了一眼，就不知不觉的涌出了两滴眼泪。龙儿看了我这样子，也好象有知识似的对我呆住了。他跳也不跳了，笑也不笑了，默默的尽对我呆看。我看了这种样子，更觉得伤心难耐，就把我的颜面俯上他的脸去，紧紧的吻了他一回。他呆了一会，就在我的怀里睡着了。

"火车行行前进，我看看车窗外的野景，忽而想起去年你带我出来的时候的景象。啊啊！去岁的初秋，你我一路出来上Ａ地去的快乐的旅行，和这一回惨败了回来的情状一比，当时的感慨如何，大约是你所能推想得出的。

"在江干的旅馆里过了一夜，第二天的早晨，我差茶房送了一个信给住在江干的我的母舅，他就来了。把我的行李送上轮船之后，买了票子，他又来陪我上船去。龙儿硬不要他抱，所以我只能抱着龙儿，跟在他后面，一步一步的走上那骇人的跳板；等跳板走尽的时候，我想把龙儿交给母舅，纵身一跳，就跳入钱塘江里去的。但是仔细一想，在昏夜的扬子江边还淹不死的我，在白日的这浅渚里，哪里能达到我的目的？弄得半死不活，走回家去，反而要被人家笑话，还不如忍着吧。

"我到家以后，这几天来，简直还没有取过饮食，所以也没有气力写信给你，请你谅解我……"

五

啊啊，贫贱夫妻百事哀！我的女人呀，我累你不少了。

我走上了驳船，在船篷下坐定之后，就把三个月前，在上海北站，送我女人回家的事情想了出来。忘记了我的周围坐着的同行者，忘记了在那里摇动的驳船，并且忘记了我自家的失意的情怀，我只见清瘦的我的女人抱了我们的营养不良的小孩在火车窗里，在对我流泪。火车随着蒸汽机关在那里前进，她的眼泪洒满的苍白的脸儿，也和车轮合着了拍子，一隐一现的在那里窥探我。我对她点一点头，她也对我点一点头。我对她手招一招，教她等我一忽，她也对我手招一招。我想使尽我的死力，跳上火车去和她做一块儿，但是心里又怕跳不上去，要跌下来。我迟疑了许久，看她在窗里的愁容，渐渐的远下去，淡下去了，才抱定了决心，站起来向前面伸出了一只手去。我攀着了一根铁杆，听见了一声响响的冲击的声音，纵身向上一跳，觉得双脚踏在木板上了。忽有许多嘈杂的人声，逼上我的耳膜来，并且有几只强有力的手，突突的向我背后推打了几下。我回转头来一看，方知是驳船到了轮船身边，大家在争先的跳上轮船来，我刚才所攀着的铁杆，并不是火车的回栏，我的两脚也并不是在火车中间，却踏在小轮船的舷上。

我随了众人挤到后面的烟篷角上去占了一个位置，静坐了几分钟，把头脑休息了一下，方才从刚才的幻梦状态里醒了转来。

向船外一望，我看见透明的淡蓝色的江水，在那里反射日光。更抬头起来，望到了对岸，我看见一条黄色的沙滩，一排苍翠的杂树，静静的躺在午后的阳光里吐气。

我弯了腰背孤伶仃的坐了一忽，轮船开了。在闸口停了一停，这一只同小孩子的玩具似的小轮船就"仆独仆独"的奔向西去。两岸的树林沙渚，旋转了好几次，江岸的草舍，农夫，和偶然出现的鸡犬小孩，都好象是和平的神话里的材料，在那里等赫西奥特（Hesiod）的吟咏似的。

经过了闻家堰。不多一忽，船就到了东江嘴。上临浦义桥的船客，是从此地换入更小的轮船，溯支江而去的。买票前和我坐在一起的那两个农民，被茶房拉来拉去的拉到了船边，将换入那只等在那里的小轮船去的时候，一个和我讲话过的人，忽而回转头来对我看了一眼，我也不知不觉的回了他一个目礼。啊啊！我真想跟了他们跳上那只小轮船去，因为一个钟头之后，我的轮船就要到富阳了，这回前去停船的第一个码头，就是富阳了，我有什么面目回家去见我的衰亲，见我的女人和小孩呢？

但是运命注定的最坏的事情，终究是避不掉的。轮船将近我故里的县城的时候，我的心脏的鼓动也和轮船的机器一样，仆独仆独的响了起来。等船一靠岸，我就杂在众人堆里，披了一身使人眩晕的斜阳，俯着首走上岸来。上岸之后，我却走向和回家的路径方向相反的一个冷街上的土地庙去坐了二点多钟。等太阳下山，人家都在吃晚饭的时候，我方才乘了夜阴，走上我们家里的后门边去。我侧耳一听，听见大家都在庭前吃晚饭，偶尔传过来的一声我女人和母亲的说话的声音，使我按不住的想奔上前去，和她们去说一句话，但我终究忍住了。乘后门边没有一个人在，我就放大了胆，轻轻推开了门，不声不响的摸上楼上我的女人的房里去睡了。

晚上我的女人到房里来睡的时候，如何的惊惶，我和她如何的对泣，我们如何的又想了许多谋自尽的方法，我在此地不记下来了，因为怕人家说我是为欲引起人家的同情的缘故，故意的在夸张我自家的苦处。

一九二三年八月十九日

零余者

"Arm am Beutel, krank am Herzen,

Schleppt ich meine langen Tage,

Armut ist die groesste Plage,

Reichtum ist das hoechste Gut."

不晓在什么时候什么地方看见过的这几句诗，轻轻的在口头念着，我两脚合了微吟的拍子，又慢慢的在一条城外的大道上走了。

袋里无钱，心头多恨。

这样无聊的日子，教我捱到何时始尽。

啊啊，贫苦是最大的灾星，

富裕是最上的幸运。

诗的意思，大约不外乎此，实际上人生的一切，我想也尽于此了。"不过令人愁闷的贫苦，何以与我这样的有缘？使人生快乐的富裕，何以总与我绝对的不来接近？"我眼睛呆呆的注视着前面空处，两脚一步一步踏上前去，一面口中虽在微吟，一面于无意中又在作这些牢骚的想头。

是日斜的午后，残冬的日影，大约不久也将收敛光辉了，城外一带的空气，仿佛要凝结拢来的样子。视野中散在那里的灰色的城墙，冰冻的河道，沙土的空地荒田，和几丛枯曲的疏树，都披了淡薄的斜阳，在那里伴人的孤独。一直前面大约在半里多路前的几个行人，因为他们和我中间距离太远了，在我脑里竟不发生什么影响。我觉得他们的几个肉体，和散在道旁的几家泥屋及左面远立着的教会堂，都是一类的东西，散漫零乱，中间没有半点联络，也没有半点生气，当然更没有一些儿的情感了。

"唉嘿，我也不知在这里干什么？"

微吟倦了，我不知不觉便轻轻的长叹了一声。慢慢的走去，脑里的思想，只往昏黑的方面进行；我的头愈俯愈下了。

——实在我的衰退之期，来得太早了。……象这样一个人在郊外独步的时候，若我的身子忽而能同一堆春雪遇着热汤似的消化得干干净净，岂不很好么？……回想起来，又觉得我过去二十余年的生涯是很长的样子……我什么事情没有做过？……儿子也生了，女人也有了，书也念了，考也考过好几次了，哭也哭过，笑也笑过，嫖赌吃着，心里发怒，受人欺辱，种种事情，种种行为，我都经验过了，我还有什么事情没有做过？……等一等，让我再想一想看，究竟有没有什么没有经验过的事情了……自家死还没有死过；啊，还有还有，我高声骂人的事情还不曾有过，譬如气得不得了的时候，放大了喉咙，把敌人大骂一场的事情。就是复仇复了的时候的快感，我还没有感得过。……啊啊！还有还有，监牢还不曾坐过……唉，但是假使这些事情，都被我经验过了，也有什么？结果还不是一个空么？……嘿嘿，嗯嗯。——到了这里，我的思想的连续又断了。

> 袋里无钱，心头多恨。
>
> 这样无聊的日子，教我捱到何时始尽。
>
> 啊啊，贫苦是最大的灾星，
>
> 富裕是最上的幸运。

微微的重新念着前诗，我抬起头来一看，觉得太阳好象往西边又落了一段，倒在右手路上的自己的影子，更长起来了。从后面来的几乘人力车，也慢慢的赶过了我。一边让他们的路，一边我听取了坐车的人和车夫在那里谈话的几句断片。他们的话题，好象是关于女人的事情。啊啊，可羡的你们这几个虚无主义者，你们大约是上前边黄土坑去买快乐去的吧，我见了你们，倒恨起我自家没有以前的生趣来了。

一边想一边往西北的走去，不知不觉已走到了京绥铁路的路线上。从此偏东北的再进几步，经过了白房子的地狱，便可顺了通万牲园的大道进西直门去的。苍凉的暮色，从我的灰黄的周围逼近拢来，那倾斜的赤日，也一步一步的低垂下去了。大好的夕阳，留不多时，我自家以为在冥想里沉没得不久，而四边的急景，却告诉我黄昏将至了。在这荒野里的物体的影子，渐渐的散漫了起来。不知从何处吹来的微风，也有些急促的样子，带着一种惨伤的寒意。后面踱踱跋跋的又来了一乘空的运货马车，一个披着光面皮里子的车夫，默默的斜坐在前头车板上吃烟，我忽而感觉得天寒岁暮，好象一个人飘泊在俄国的乡下。马车去远了，白房子的门外，有几乘黑旧的人力车停在那里。车夫大约坐在踏脚板上休息，所以看不出他们的影子来。我避过了白房子的地狱，从一块高墱上的地里，打算走上通西直门的大道上去。从这高处向四边一望，见了凋丧零乱排列在灰色幕上的野景，更使我感得了一种日暮的悲哀。

——唉唉，人生实在不知究竟是什么一回事？歌歌哭哭，死死生生……世界社会，兄弟朋友，妻子父母，还有恋爱，啊呀，恋爱，恋爱，恋爱……还有金钱……啊啊……

Armut ist die groesste Plage,

Reichtum ist das hoechste Gut. ①

好诗好诗！

The curfew tolls the knell of parting day,

The lowing herd winds slowly o'er the lea,

The ploughman homeward plods his weary way,

And leaves the world to darkness and to me. ②

好诗好诗！

And leaves the world to darkness and to me.

我的错杂的思想，又这样的弥散开来了。天空高处，寒风呜呜的响了几下，我俯倒了头，尽往东北的走去，天就快黑了。

远远的城外河边，有几点灯火，看得出来，大约紫蓝的天空里，也有几点疏星放起光来了吧？大道上断续的有几乘空马车来往，车轮的踱踱踱踱的声音，好象是空虚的人生的反响，在灰暗寂寞的空气中散了。我遵了大道，以几点灯火作了目标，将走近西直门的时候，模糊隐约的我的脑里，忽而起了一个霹雳。到这

---

① 德文，译为：啊啊，贫苦是最大的灾星，富裕是最上的幸运。

② 英语，英国诗人托麦斯·格雷（1716～1771）所作《墓畔哀歌》一诗中的句子。卞之琳曾译为：晚钟响起来一阵阵给白昼报丧，牛群在草地上迂回，吼声起落。耕地人累了，回家走，脚步跟跄，把整个世界留给了黄昏与我。

时候止，常在脑里起伏的那些毫无系统的思想，都集中在一个中心点上，成了一个霹雳，显现了出来。

"我是一个真正的零余者！"

这就是霹雳的核心，另外的许多思想，不过是些附属在这霹雳上的枝节而已。这样的忽而发见了思想的中心点，以后我就用了科学的方法推了下去：

——我的确是一个零余者，所以对于社会人世是完全没有用的。a superfluous man! a useless man! superfluous! superfluous……①证据呢？这是很容易证明的……——

这时候，我的两只脚已经在西直门内的大街上运转。四边来往的人类，究竟比城外混杂得多。天也已经昏黑，道旁的几家破店和小摊，都点上灯了。

——第一……我且从远处说起吧……第一，我对于世界是完全没有用的。……我这样生在这里，世界和世界上的人类，也不能受一点益处；反之，我死了，世界社会，也没有一些儿损害，这是千真万真的。……第二，且说中国吧！对于这样混乱的中国，我竟不能制造一个炸弹，杀死一个坏人。中国生我养我，有什么用处呢？……再缩小一点，嗳，再缩小一点，第三，第三且说家庭吧！啊，对于我的家庭，我却是个少不得的人了。在外国念书的时候，已故的祖母听见说我有病，就要哭得两眼红肿。就是半男性的母亲，当我有一次醉死在朋友家里的时候，也急得大哭起来。此外我的女人，我的小孩，当然是少我不得的！哈哈，还好还好，我还是个有用之人。——

想到了这里，我的思想上又起了一个冲突。前刻发现的那个

———————————

① 英语，译为：一个多余的人！一个无用的人！多余的！多余的……

思想上的霹雳，几乎可以取消的样子，但迟疑了一会，我终究解决不了这个问题的矛盾性。抬起头来一看，我才知道我的身体已被我搬在一条比较热闹的长街上行动。街路两旁的灯火很多，来往的车辆也不少，人声也很嘈杂，已经是真正的黄昏时候了。

——象这样的时候，若我的女人在北京，大约我总不会到市上来飘荡的吧！在灯火底下，抱了自家的儿子，一边吻吻他的小嘴，一边和来往厨下忙碌的她问答几句，踱来踱去，踱去踱来，多少快乐啊！啊啊，我对于我的女人，还是一个有用之人哩！不错不错，前一个疑问，还没有解决，我究竟还是一个有用之人么？——

这时候，我意识里的一切周围的印象，又消失了。我还是伏倒了头，慢慢的在解决我的疑问：

——家庭，家庭……第三，家庭……让我看，哦，啊，我对于家庭还是一个完全无用之人！……丝毫没有功利主义的存心，完全沉溺于的盲目之爱的我的祖母，已经死了。母亲呢？……啊啊，我读书学术，到了现在，还不能做出一点轰轰烈烈的事业来，就是这几块钱……——

我那时候两只手却插在大氅的袋内，想到了这里，两只手自然而然的向袋里散放着的几张钞票捏了一捏。

——啊啊，就是这几块钱，还是昨天从母亲那里寄出来的，我对于母亲有什么用处呢？我对于家庭有什么用处呢？我的女人，我不去娶她，总有人会去娶她的；我的小孩，我不生他，也有人会生他的，我完全是一个无用之人呀，我依旧是一个无用之人呀！——

急转直下的想到了这里，我的胸前忽觉得有一块铁板压着似的难过得很。我想放大了喉咙，啊的大叫它一声，但是把嘴张了好几次，喉头终放不出音来。没有方法，我只能放大了脚步，向前同跑也似的急进了几步。这样的不知走了几分钟，我看见一乘人力车跑上前来兜我的买卖。我不问皂白，跨上了车就坐定了。车夫问我上什么地方去，我用手向前指指，喉咙只是和被热铁封锁住的一样，一句话也讲不出来。人力车向前面跑去，我只见许多灯火人类，和许多不能类列的物体，在我的两旁旋转。

"前进！前进！象这样的前进吧！不要休止，不要停下来！"

我心里一边在这样的希望，一边却在恨车夫跑得太慢。

十三年正月十五日

北国的微音

北国的寒宵，实在是沉闷得很，尤其是像我这样的不眠症者，更觉得春夜之长。似水的流年，过去真快，自从海船上别后，匆匆又换了年头。以岁月计算，虽则不过隔了五个足月，然而回想起来，我同你们在上海的历史，好象是隔世的生涯，去今已有几百年的样子。河畔冰开，江南草长，虫鱼鸟兽，各有阳春发动之心，而自称为动物中之灵长，自信为人类中的有思想者的我，依旧是奄奄待毙，没有方法消度今天，更没有雄心欢迎来日。几日前头，有一位日本的新闻记者，来访我的贫居。他问我"为什么要消沉到这个地步？"我问他"你何以不消沉，要从东城跑许多路特来访我？"他说"是为了职务。"我又问他："你的职务，是对谁的？"他说"我的职务，是对国家，对社会的。"我说"那么你就应该知道我的消沉也是对国家，对社会的。现在世上的国家是什么？社会是什么？尤其是我们中国？"他的来访的目的，本来是为问我对于日本对华文化事业的意见如何，中国将来的教育方针如何的——他之所以来访者，一则因为我在某校里教书，二则因为我在日本住过十多年，或者对于某种事项，略有心得的缘故——后来听了我这一段诡辩，他也把职务丢开，谈了许多无关紧要的闲话走了。他走之后，我一个人衔了纸烟想想，觉得人类社会的许多事情，毕竟是庸人自扰。什么国富兵强，什么和平共乐，都是一班野兽，于饱食之余，在暖梦里织出来的回文锦字。象我这样的生性，在我这样的境遇下的闲人，更有什么可想，什么可做呢？写到这里我又想起 T 君批评我的话来了，他说"某书的作者，嘲世骂俗，却落得一个牢骚派的美名。"实在我想 T 君的话，一点儿也不错。人若把我们的那些浅薄无聊的"徒然草"合在一处，加上一个牢骚派的名目，思欲抹杀而厌鄙之，倒反便宜了我们。因为我们的那些东西，本来是同身上的积垢，口中的吐气一样，不期然而然的发生表现出来的，哪里配称作牢骚，更哪里配称作派呢？我读到《歧路》，沫若，觉得你对于自家的艺术的虚视——这虚视两字，我也不知道妥当不妥当，或者用怀疑两字比较得切的吧——也和我一样。不错不错，我这封信，是从友人宴会席上回来，读了《歧路》之后，拿起笔来写的。我写这一封信的动机，原是想和你们谈谈我对于《歧路》的感想的呀！

沫若！我觉得人生一切都是虚幻，真真实在的，只有你说的"凄切的孤单"，倒是我们人类从生到死味觉得到的唯一的一道实味。就是京沪报章上，为了金钱或者想建筑自家的名誉的缘故，在那里含了敌意，做文章攻击你的人，我仔细替他们一想，觉得他们也在感着这凄切的孤独。唯其感到孤独，所以他们只好做些文章来卖一点金钱，或者竟牺牲了你来博一点小小的名誉，毕竟他们还是人，还是我们的同类，这"孤单"的感觉，终究是逃不了的，所以他们的文章里最含恶意，攻击你最甚的处所，便是他们的孤独感表现得最切的地方。名利的争夺，欲牺牲他人而建立自己的恶心——简单点说，就说生存竞争吧——依我看来，都是由这"孤单"的感觉催发出来的。人生的实际，既不外乎这"孤单"的感觉，那么表现人生的艺术，当然也不外乎此，因此我近来对于艺术的意见和评价，都和从前不同了。我觉得艺术并没有十分可以推崇的地方，她和人生的一切，也没有什么特异有区别的地方。努力于艺术，献身于艺术，也不须有特别的表现。牢牢捉住了这"孤单"的感觉，细细地玩味，由他写成诗歌小说也好，制成音乐美术品也好，或者竟不写在纸上，不画在布上壁上，不雕在白石上，不奏在乐器上，什么也不表现出来，只教他能够细细的玩味这"孤单"的感觉，便是绝好的"创造"。

仿吾！这一段无聊的废话，你看对不对？我在写这封信之先，刚从一位朋友处的宴会回来，席上遇见了许多在日本和你同科的自然科学家。他们都已经成了富者，现在是资本家了。我夹在这些衣狐裘者的老同学中间，当然觉得十分的孤独，然而看看他们挟了皮箧，奔走不宁的行动，好像他们也有些在觉得人生的孤寂的样子。我前边不是说过了么？唯其感到孤寂，所以要席不遑暖的去追求名利。然而究竟我不是他们，所以我这主观的推测，也许是错了的。

我现在因为抱有这一种感想，所以什么东西也写不下来，什么东西也不愿意拿来阅读。有时候要想玩味这"凄切的孤单"，在日斜的午后，老跑出城外去独步。这里城外多是黄沙的田野，有几处也有清溪断壁，绝似日本郊外未开辟之先的代代木新宿等处。不过这里一堆一堆的黄土小冢，和有钱的人家的白杨松树的坟茔很多，感视少微与日本不同一点。今晚在宴会的席上，在许多鸿儒谈笑的中间，我胸中的感觉，同在这样的白杨衰草的坟地里漫步时一样。不过有一点我觉得比从前进步了；从前我和境遇比我美满的朋友——实际上除你们几个人之外，哪一个境遇比我不美满？——相处，老要起一种感伤，有时竟会滴下泪来。现在非但眼泪不会滴下来，并且也能如他们一样的举起箸来取菜，提起杯来喝酒。不过从前的那一种喜欢谈话的冲动，现在没有了。他们入座，我也就坐，他们吃菜，我也吃菜。劝我喝酒，我就喝，干杯就干杯。席散了，我就回来。雇车雇不着，就慢慢的在黄昏的街道上走。同席者的汽车马车，从我身边过去的时候，他们从车中和我点头，我也回点一头。他们不点头，我也让他们的车子过去，横竖是在后头跟走几步，他们的车子就可以老远的上我前头去的。所以无避入叉路上去的必要。还有一点和从前不同的地方，就是我默默的坐在那里，他们来要求我猜拳的时候，我总笑笑，摇摇头，举起杯来喝一杯酒，教他们去要求坐在我下面的一个人猜。近来喝酒也喝不大醉，醉了也不过默默的走回家来坐坐，吸吸烟，倒点茶喝喝。

今晚的宴会，散得很早，我回家来吸吸烟喝喝茶，觉得还睡不着，所以又拿出了周报的《歧路》来看。沫若！大卫生的诗，实在是做得不坏，不过你的几行诗，我也很喜欢念。你的小孩的那个两脚没有的洋囡，我说还是包包好，寄到日本去吧！回头他们去买一个新的时候，怕又要破费几角钱哩。

昨天一个朋友来说他读到《歧路》，真的眼泪出了。我劝他小心些，这句话不要说出来教人家听见，恐怕有人要说他的眼泪不值钱。他说近来他也感染了一种感伤病，不晓得怎么的，感情好象回返小孩子时代去了。说到这里，他忽而眼圈又红了起来，叫了我一声："达夫！我……我可惜没有钱……"我也对他呆看了半响，后来他一句话也不说，立起身来就走，我也默默的送他出门去了（这样的朋友，上我这里来的很多。他们近来知道了我的脾气，来的时候，艺术也不谈了，我的几篇无聊的作品和周报季刊的事情也不提起了。有几次我们真有主客两人相对，默默而过半点钟的时候。象这样的 pause 的中间，我觉得我的精神上最感得满足。因为有客人在前头，我一时可以不被那一种独坐时常想出来的无聊的空虚思想所侵蚀，而一边这来客又不在言语，我的听取对话和预备回答的那些麻烦注意可以省去）。不过，沫若！我说你那一篇《歧路》写得很可惜，你若不写出来，你至少可以在那一种浓厚的孤独感里浸润好几天。现在写出了之后，我怕你的那一种"凄切的孤单"之感，要减少了吧？

仿吾！我说你还是保守着独身主义，不要想结婚的好！恐怕你若结了婚，一时要失掉你的这孤独之感。而这孤独之感，依我说来，便是艺术的酵素，或者竟可以说是艺术的本身。所以你若结了婚，怕一时要与艺术违离。讲到这里我怕你要反问我"那么你们呢？你和沫若呢？"是的，我和沫若是一时与艺术离异过的，不过现在我们已经恢复了原来的孤独罢了……

嗳！嗳！不知不觉，已经写到午前三点钟了。

仿吾！沫若！要想写的话，是写不完的，我迟早还是弄几个车钱到上海来一次吧！大约我在北京打算只住到六月，暑假以后，我怎么也要设法回浙江去实行我的乡居的宿愿。若在最近的时期中弄不到车钱，不能够到上海来，那么我们等六月里再见吧！

一九二三年①三月七日，午前三时

① 据作品内容来看，写作时间应为 1924 年 3 月 7 日。

小春天气

一

与笔砚疏远以后，好象是经过了不少时日的样子。我近来对于时间的观念，一点儿也没有了。总之案头堆着的从南边来的两三封问我何以老不写信的家信，可以作我久疏笔砚的明证。所以从头计算起来，大约从我发表的最后的一篇整个儿的文字到现在，总已有一年以上，而自我的右手五指，抛离纸笔以来，至少也得有两三个月的光景。以天地之悠悠，而来较量这一年或三个月的时间，大约总不过似骆驼身上的半截毫毛；但是由先天不足，后天亏损——这是我们中国医生常说的话，我这样的用在这里，请大家不要笑话我——对我说来，渺焉一身，寄住在这北风凉冷的皇城人海中间受尽了种种欺凌侮辱。竟能安然无事的经过这么长的一段时间，却是一种摩西以后的最大奇迹。

回想起来这一年的岁月，实在是悠长得很呀！绵绵钟鼓初长的秋夜，我当众人睡尽的中宵，一个人在六尺方的卧房里踏来踏去，想想我的女人，想想我的朋友，想想我的暗淡的前途，曾经熏烧了多少枝的短长烟卷？睡不着的时候，我一个人拿了蜡烛幽脚幽手的跑上厨房去烧些风鸡糟鸭来下酒的事情，也不止三次五次。而由现在回顾当时，那时候初到北京后的这种不安焦躁的神情，却只似儿时的一场恶梦，相去好象已经有十几年的样子，你说这一年的岁月对我是长也不长？

这分外的觉得岁月悠长的事情，不仅是意识上的问题，实际上这一年来我的肉体精神两方面，都印上了这人家以为很短而在我却是很长的时间的烙印。去年十月在黄浦江头送我上船的几位可怜的朋友，若在今年此刻，和我相遇于途中，大约他们看见了我，总只是轻轻的送我一瞥，必定会仍复不改常态地向前走去的。（虽则我的心里在私心默祷，使我遇见了他们，不要也不认识他们！）

这一年的中间，我的衰老的气象，实在是太急速的侵袭到了，急速的，真真是很急速的。"白发三千丈"一流的夸张的比喻，我们暂且不去用它，就减之又减的打一个折扣来说吧，我在这一年中间，至少也的的确确的长了十岁年纪。牙齿也掉了，记忆力也消退了，对镜子剃削胡髭的早晨，每天都要很惊异地往后看一看，以为镜子里反映出来的，是别一个站在我后面的没有到四十岁的半老人。腰间的皮带，尽是一个窟窿一个窟窿的往里缩，后来现成的孔儿不够，却不得不重用钻子来新开，现在已经开到第二个了。最使我伤心的是，当人家欺凌我侮辱我的时节，往日很容易起来的那一种愤激之情，现在怎么也鼓励不起来。非但如此，当我觉得受了最大的侮辱的时候，不晓从何处来的一种滑稽的感想，老要使我作会心的微笑。不消说年轻时候的种种妄想，早已消磨得干干净净，现在我连自家的女人小孩的生存，和家中老母的健否等问题都想不起来；有时候上街去雇得着车，坐在车上，只想车夫走往向阳的地方去——因为我现在忽而怕起冷来了——慢一点儿走，好使我饱看些街上来往的行人，和组成现代的大同世界的形形色色。看倦了，走倦了，跑回家来，只想弄一点美味的东西吃吃，并且一边吃，一边还要想出如何能够使这些美味的东西吃下去不会饱胀的方法来，因为我的牙齿不好，消化不良，美味的东西，老怕不能一天到晚不间断的吃过去。

二

现在我们在这里所享有的，是一年中间最好不过的十月。江北江南，正是小春的时候。况且世界又是大同，东洋车、牛车，马车上，一闪一闪的在微风里飘荡的，都是些除五色旗外的世界各国的旗子，天色苍苍，又高又远，不但我们大家酣歌笑舞的声音，达不到天听，就是我们的哀号狂泣，也和耶和华的耳朵，隔着蓬山几千万叠。生逢这样的太平盛世，依理我也应该向长安的落日，遥进一杯祝颂南山的寿酒，但不晓怎么的，我自昨天以来，明镜似的心里，又忽而起了一层翳障。

仰起头来看看青天，空气澄清得怕人；各处散射在那里的阳光，又好象要对我说一句什么可怕的话，但是因为爱我怜我的缘故，不敢马上说出来的样子。脚底下铺着扫不尽的落叶，忽而索落索落的响了一声，待我低下头来，向发出声音来的地方望去，又看不出什么动静来了，这大约是我们庭后的那一棵槐树，又摆脱了一叶负担了吧。正是午前十点钟的光景，家里的人都出去了，我因为孤零丁一个人在屋里坐不住，所以才踱到院子里来的，然而在院子里站了一忽，也觉得没有什么意思，昨晚来的那一点小小的忧郁，仍复笼罩在我的心上。

当半年前，每天只是忧郁的连续的时候，倒反而有一种余裕来享乐这一种忧郁，现在连快乐也享受不了的我的脆弱的身心，忽而沾染了这一层虽则是很淡很淡，但也好象是很深的隐忧，只觉得坐立都是不安。没有方法，我就把香烟连续的吸了好几枝。

是神明的摄理呢？还是我的星命的佳会，正在这无可奈何的时候，门铃儿响了。小朋友 G 君，背了水彩书具架进来说：

"达夫，我想去郊外写生，你也同我去郊外走走吧！"

G 君年纪不满二十，是一位很活泼的青年画家，因为我也很喜欢看画，所以他老上我这里来和我讲些关于作画的事情。据他说："今天天气太好，坐在家里，太对大自然不起，还是出去走走的好。"我换了衣服，一边和他走出门来，一边告诉门房"中饭不来吃，叫大家不要等我"的时候，心理所感得的喜悦，怎么也形容不出来。

三

本来是没有一定目的地的我们，到了路上，自然而然地走向西去，出了平则门。阳光不问城里城外，一例的很丰富的洒在那里。城门附近的小摊儿上，在那里摊开花生来的小贩，大约是因为他穿着的那件宽大的夹袄的原因吧，觉得也反映着一味秋气。茶馆里的茶客，和路上来往的行人，在这样如煦的太阳光里，面上总脱不了一副贫陋的颜色；我看看这些人的样子，心里又有点不舒服起来，所以就叫 G 君避开城外的大街沿城折往北去。夏天常来的这城下长堤上，今天来往的大车特别的少。道旁的杨柳，颜色也变了，影子也疏了。城河里的浅水，依旧映着晴空，返射着日光，实际上和夏天并没有什么区别，但我觉得总有一种寂寥的感觉，浮在水面。抬头看看对岸，远近一排半凋的林木，纵横交错的列在空中。大地的颜色，也不似夏日的茏葱，地上的浅草都已枯尽，带起浅黄色来了。法国教堂的屋顶，也好象失了势力似的，在半凋的树林中孤立在那里。与夏天一样的，只有一排西山连亘的峰峦。大约是今天空气格外澄鲜的缘故吧，这排明褐色的屏障，觉得是近得多了，的确比平时近得多了。此外弥漫在空际的，只有明蓝澄洁的空气，悠久广大的天空和炮满的阳光，和暖的阳光。隔岸堤上，忽而走出了两个着灰色制服的兵来。他们拖了两个斜短的影子，默默的在向南的行走。我见了他们，想起了前几天平则门外的抢劫的事情，所以就对 G 君说：

"我看这里太辽阔，取不下景来，我们还是进城去吧！上小馆子去吃了午饭再说。"

G 君踏来踏去的看了一会，对我笑着说：

"近来不晓怎么的，有一种莫名其妙的神秘的灵感，常常闪现在我的脑里。今天是不成了，没有带颜料和油画的家伙来。"

他说着用手向远处教堂一指，同时又接着说：

"几时我想画画教堂里的宗教画看。"

"那好得很啊！"

猫猫虎虎的这样回答了一句，我就转换方向，慢慢的走回到城里来了。落后了几步，他又背着画具，慢慢的跟我走来。

四

喝了两斤黄酒，吃得满满的一腹。我和 G 君坐洋车上，被拉往陶然亭去的时候，太阳已经打斜了。本来是有点醉意，又被午后的阳光一烘，我坐在车上，眼睛觉得渐渐的朦胧了起来。洋车走尽了粉房琉璃街，过了几处高低不平的新开地，走入南下洼旷野的时候，我向右边一望，只见几列鳞鳞的屋瓦，半隐半现的在两边一带的疏林里跳跃。天色依旧是苍苍无底，旷野里的杂粮，也已割尽，四面望去，只是洪水似的午后的阳光，和远远躺在阳光里的矮小的坛殿城池。我张了一张睡眼，向周围望了一圈，忽笑向 G 君说：

"'秋气满天地，胡为君远行'，这两句唐诗真有意思，要是今天是你去法国的日子，我在这里饯你的行，那么再比这两句诗适当的句子怕是没有了，哈哈……"

只喝了半小杯酒，脸上已涨得潮红的 G 君也笑着对我说：

"唐诗不是这样的两句，你记错了吧！"

两人在车上笑说着，洋车已经走入了陶然亭近旁的芦花丛里，一片灰白的毫芒，无风也自己在那里作浪。西边天际有几点青山隐隐，好象在那里笑着对我们点头。下车的时候，我觉得支持不住了，就对 G 君说：

"我想上陶然亭去睡一觉，你在这里画吧！现在总不过两点多钟，我睡醒了再来找你。"

五

陶然亭的听差来摇我醒来的时候，西窗上已经射满了红色的残阳。我洗了手脸，喝了二碗清茶，从东面的台阶上下来，看见陶然亭的黑影，已经越过了东边的道路，遮满了一大块道路东面的芦花水地。往北走去，只见前后左右，尽是茫茫一片的白色芦花。西北抱冰堂一角，扩张着阴影，西侧面的高处，满挂了夕阳最后的余光，在那里催促农民的息作。穿过了香冢鹦鹉冢的土堆的东面，在一条浅水和墓地的中间，我远远认出了 G 君的侧面朝着斜阳的影子。从芦花铺满的野路上将走近 G 君背后的时候，我忽而气也吐不出来，向西的瞠目呆住了。这样伟大的，这样迷人的落日的远景，我却从来没有看见过。太阳离山，大约不过盈尺的光景，点点的遥山，淡得比初春的嫩草，还要虚无缥渺。监狱里的一架高亭，突出在许多有谐调的树林的枝干高头。芦根的浅水，满浮着芦花的绒穗，也不象积绒，也不象银河。芦萍开处，忽映出一道细狭而金赤的阳光，高冲牛斗。同是在这返光里飞堕的几簇芦绒，半边是红，半边是白。我向西呆看了几分钟，又回头向东北三面环眺了几分钟，忽而把什么都忘掉了，连我自家的身体都忘掉了。

上前走了几步，在灰暗中我看见 G 君的两手，正在忙动。我叫了一声，G 君头也不朝转来，很急促的对我说：

"你来，你来，来看我的杰作！"

我走近前去一看，他画架上，悬在那里，正在上色的，并不是夕阳，也不是芦花，画的中间，向右斜曲的，却是一条颜色很沉滞的大道。道旁是一处阴森的墓地，墓地的背后，有许多灰黑凋残的古木横叉在空间。枯木林中，半弯下弦的残月，刚升起来，冷冷的月光，模糊隐约地照出了一只停在墓地树枝上的猫头鹰的半身。颜色虽则还没有上全，然而一道逼人的冷气，却从这幅未完的画面直向观者的脸上喷来，我簇紧了眉峰，对这画面静看了几分钟，抬起头来正想说话的时候，觉得太阳已经完全下山了，四面的薄暮的光景也比一刻前促迫了。尤其是使我惊恐的，是我抬起头来的时候，在我们的西北的墓地里，也有一个很淡很淡的黑影，动了一动。我默默的停了一会，惊心定后，再朝转头来看东边天上的时候，却见了一痕初五六的新月，悬挂在空中。又停了一会，把惊恐之心，按捺了下去，我才慢慢的对 G 君说：

"这一张小画，的确是你的杰作，未完的杰作。太晚了，快快起来，我们走吧！我觉得冷得很。"

我话没有讲完，又对他那张画看了一眼，打了一个冷痉，忽而觉得毛发都竦竖了起来；同时自昨天来在我胸中盘踞着的那种莫名其妙的忧郁，又笼罩上我的心来了。

G 君含了满足的微笑，尽在那里闭了一只眼睛——这是他的脾气——细看他那未完的杰作。我催了他好几次，他才起来收拾画具。我们二人慢慢的走回家来的时候，他也好象倦了，不愿意讲话，我也为那种忧郁所侵袭，不想开口。两人默默的走到灯火荧荧的民房很多的地方，G 君方开口问我说：

"这一张画的题目，我想叫'残秋的日暮'，你说好不好？"

"画上的表现，岂不是半夜的景象么？何以叫日暮呢？"

他听我这句话，又含了神秘的微笑说：

"这就是今天早晨我和你谈的神秘的灵感哟！我画的画，老喜欢依画画时候的情感节季来命题，画面和画题合不合，我是不管的。"

"那么，'残秋的日暮'也觉得太衰飒了，况且现在已经入了十月，十月小阳春，哪里是什么残秋呢？"

"那么我这张画就叫作'小春'吧！"

这时候我们已经走进了一条热闹的横街，两人各雇着洋车，分手回来的时候，上弦的新月，也已经起来得很高了。我一个人摇来摇去的被拉回家来，路上经过了许多无人来往的乌黑的僻巷。僻巷的空地道上，纵横倒在那里的，只是些房屋和电杆的黑影。从灯火辉煌的大街，忽而转入这样僻静的地方的时候，谁也会发生一种奇怪的感觉出来，我在这初月微明的天盖下面苍茫四顾，也忽而好象是遇见了什么似的，心里的那一种莫名其妙的忧郁，更深起来了。

十三年旧历十月初七日

给一位文学青年的公开状

今天的风沙实在太大了，中午吃饭之后，我因为还要去教书，所以没有许多工夫，和你谈天。我坐在车上，一路的向北走去，沙石飞进了我的眼睛。一直到午后四点钟止，我的眼睛四周的红圈，还没有褪尽。恐怕同学们见了要笑我，所以于上课堂之先，我从高窗口在日光大风里把一双眼睛曝晒了许多时。我今天上你那公寓来看了你那一副样子，觉得什么话也说不出来。现在我想趁着这大家已经睡寂了的几点钟功夫，把我要说的话，写一点在纸上。

平素不认识的可怜的朋友，或是写信来，或是亲自上我这里来的，很多很多；我因为想报答两位也是我素不认识而对于我却有十二分的同情过的朋友的厚恩起见，总尽我的力量帮助他们。可是我的力量太薄弱了，可怜的朋友太多了，所以结果近来弄得我自家连一条棉裤也没有。这几天来天气变得很冷，我老想买一件外套，但始终没有买成。尤其是使我羞恼的，因为恰逢此刻，我和同学们所读的书里，正有一篇俄国郭哥儿①著的嘲弄象我们一类人的小说《外套》。现在我的经济状态比从前并没有什么宽裕，从数目上讲起来，反而比从前要少——因为现在我不能向家里去要钱花，每月的教书钱，额面上虽则有五十三加六十四合一百十七块，但实际上拿得到的只有三十三四块——而我的嗜好日深，每月光是烟酒的账，也要开销二十多块。我曾经立过几次对天的深誓，想把这一笔糜费戒省下来；但愈是没有钱的时候，愈想喝酒吸烟。向你讲这一番苦话，并不是因为怕你要来问我借钱，而先事预防，我不过欲以我的身体来做一个证据，证明目下的中国社会的不合理，以大学校毕业的资格来糊口的你那种见解的错误罢了。

引诱你到北京来的，是一个国立大学毕业的头衔；你告诉我说你的心里，总想在国立大学弄到毕业，毕业以后至少生计问题总可以解决。现在学校都已考完，你一个国立大学也进不去，接济你的资金的人，又因为他自家的地位动摇，无钱寄你；你去投奔你同县而且带有亲属的大慈善家 H，H 又不纳。穷极无路，只好写封信给一个和你素不相识而你也明明知道和你一样穷的我。在这时候这样的状态之下，你还要口口声声的说什么大学教育，"念书"，我真佩服你的坚忍不拔的雄心。不过佩服虽可佩服，但是你的思想的简单愚直，也却是一样的可惊可异。现在你已经是变成了中性——半去势的文人了，有许多事情，譬如说高尚一点的，去当土匪，卑微一点的，去拉洋车等事情，你已经是干不了的了；难道你还嫌不足，还要想穿几年长袍，做几篇白话诗，短篇小说，达到你的全去势的目的么？大学毕业，以后就可以有饭

① 郭哥儿，今译果戈尔，俄国作家。

吃，你这一种定理，是哪一本书上翻来的？

象你这样一个白脸长身，一无依靠的文学青年，即使将面包和泪吃，勤勤恳恳的在大学窗下住它五六年，难道你拿毕业文凭的那一天，天上就忽而会下起珍珠白米的雨来的么？

现在不要说中国全国，就是在北京的一区里头，你且去站在十字街头，看见穿长袍黑马褂或哔叽旧洋服的人，你且试对他们行一个礼，问他们一个人要一个名片来看看，我恐怕你不上半天，就可以积起一大堆的什么学士，什么博士来，你若再行一个礼，问一问他们的职业，我恐怕他们都要红红脸说："兄弟是在这里找事情的。"他们是什么？他们都是大学毕业生呀，你能和他们一样的有钱读书么？你能和他们一样的有钱买长袍黑马褂哔叽洋服么？即使你也和他们一样的有了读书买衣服的钱，你能保得住你毕业的时候，事情会来找你么？

大学毕业生坐汽车，吸大烟，一掷千金的人原是有的。然而他们都是为新上台的大老经手减价卖职的人，都是有大力枪杆在后面援助的人，都是有几个什么长在他们父兄身上的人；再粗一点说，他们至少也都是会爬乌龟钻狗洞的人；你要有他们那么的后援，或他们那么的乌龟本领，狗本领，那么你就是大学不毕业，何尝不可以吃饭？

我说了这半天，不过想把你的求学读书，大学毕业的迷梦打破而已。现在为你计，最上的上策，是去找一点事情干干。然而土匪你是当不了的，洋车你也拉不了的；报馆的校对，图书馆的拿书者，家庭教师，看护男，门房，旅馆火车菜馆的伙计，因为没有人可以介绍，你也是当不了的——我当然是没有能力替你介绍——所以最上的上策，于你是不成功的了。其次你就去革命去吧，去制造炸弹去吧！但是革命不是同割枯草一样，用了你那裁纸的小刀，就可以革得成的呢？炸弹是不是可以用了你头发上的灰垢和半年不换的袜底里的污泥来调合的呢；这些事情，你去问上帝去吧！我也不知道。

比较上可以做得到，并且也不失为中策的，我看还是弄几个旅费，回到湖南你的故土，去找出四五年你不曾见过的老母和你的小妹妹来，第一天相持对哭一天；第二天因为哭了伤心，可以在床上你的草窠里睡去一天；既可以休养，又可以省几粒米下来熬稀粥；第三天以后，你和你的母亲妹妹，若没有衣服穿，不妨三人紧紧的挤在一处，以体热互助的结果，同冬天雪夜的群羊一样，倒可以使你的老母，不至冻伤，若没有米吃，你在日中天暖一点的时候，不妨把年老的母亲交付给你妹妹的身体烘着，你自己可以上村前村后去掘一点草根树根来煮汤吃，草根树根里也有淀粉，我的祖母未死的时候，常把洪杨乱日，她老人家尝过的这滋味说给我听，我所以知道。现在我既没有余钱，可以赠你，就把这秘方相传，作个我们两位穷汉，在京华尘土里相遇的纪念吧！若说草根树根，也被你们的督军省长师长议员知事掘完，你无论走往何处再也找不出一块一截来的时候，那么你且咽着自家的口水，同唱戏似的把北京的豪富人家的蔬菜，有色有香的说给你的老母亲小妹妹听听；至少在未死前的一刻半刻钟中间，你们三个昏乱的脑子里，总可以大事铺张的享乐一回。

但是我听你说，你的故乡连年兵燹，房屋田产都已毁尽，老母弱妹，也不知是生是死，五年来音信不通；并且现在回湖南的火车不开，就是有路费也回去不得，何况没有路费呢！

上策不行，次之中策也不行，现在我为你实在是没有什么法子好想了。不得已我就把两个下策来对你讲吧！

第一，现在听说天桥又在招兵，并且听说取得极宽，上自五十岁的老人起，下至十六七岁的少年止，一律都收；你若应募之后，马上开赴前敌，打死在租界以外的中国地界，虽然不能说是为国效忠，也可以算得是为招你的那个同胞效了命，岂不是比饿死冻死在你那公寓的斗室里，好得多么？况且万一不开往前敌，或虽开往前敌而不打死的时候，只教你能保持你现在的这种纯洁的精神，只教你能有如现在想进大学读书一样的精神来宣传你的理想，难保你所属的一师一旅，不为你所感化。这是下策的第一个。

第二，这才是真真的下策了！你现在不是只愁没有地方住没有地方吃饭而又苦于没有勇气自杀么？你的没有能力做土匪，没有能力拉洋车，是我今天早晨在你公寓里第一眼看见你的时候，已经晓得的。但是有一件事情，我想你还能胜任的，要干的时候一定是干得到的。这是什么事情呢？啊啊，我真不愿意说出来——我并不是怕人家对我提起诉讼，说我在嗾使你做贼，啊呀，不愿意说倒说出来了，做贼，做贼，不错，我所说的这件事情，就是叫你去偷窃呀！

无论什么人的无论什么东西，只教你偷得着，尽管偷吧！偷到了，不被发觉，那么就可以把这你偷自他，他抢自第三人的，在现在社会里称为赃物，在将来进步了的社会里，当然是要分归你有的东西，拿到当铺——我虽然不能为你介绍职业，但是象这样的当铺，却可以为你介绍几家——里去换钱用。万一发觉了呢？也没有什么。第一你坐坐监牢，房钱总可以不付了。第二监狱里的饭，虽然没有今天中午我请你的那家馆子里的那么好，但是饭钱可以不付的。第三或者什么什么司令，以军法从事，把你枭首示众的时候，那么你的无勇气的自杀，总算是他来代你执行了，也是你的一件快心的事情，因为这样的活在世上，实在是没有什么意思。

　　我写到这里，觉得没有话再可以和你说了，最后我且来告诉你一种实习的方法吧！

　　你若要实行上举的第二下策，最好是从亲近的熟人方面做起。譬如你那位同乡的亲戚老 H 家里，你可以先去试一试看。因为他的那些堆积在那里的财富，不过是方法手段不同罢了，实际上也是和你一样的偷来抢来的。你若再慑于他的慈和的笑里的尖刀，不敢去向他先试，那么不妨上我这里来作个破题儿试试。我晚上卧房的门常是不关，进去很便。不过有一件缺点，就是我这里没有什么值钱的物事。但是我有几本旧书，却很可以卖几个钱。你若来时，最好是预先通知我一下，我好多服一剂催眠药，早些睡下，因为近来身体不好，晚上老要失眠，怕与你的行动不便；还有一句话——你若来时，心肠应该要练得硬一点，不要因为是我的书的原因，致使你没有偷成，就放声大哭起来——

一九二四年十一月十三日午前二时

骸骨迷恋者的独语

文明大约是好事情，进化大约是好现象，不过时代错误者的我，老想回到古时候还没有皇帝政府的时代——结绳代字的时代——去做人。生在乱世，本来是不大快乐的，但是我每自伤悼，恨我自家即使要生在乱世，何以不生在晋的时候。我虽没有资格加入竹林七贤——他们是贤是愚，暂且不管，世人在这样的称呼他们，我也没有别的新名词来替代——之列，但我想我若生在那时候，至少也可听听阮籍的哭声。或者再迟一点，于风和日朗的春天，长街上跟在陶潜的后头，看看他那副讨饭的样子，也是非常有趣。即使不要讲得那么远，我想我若能生于明朝末年，就是被李自成来砍几刀，也比现在所受的军阀官僚的毒害，还有价值。因为那时候还有几个东林复社的少年公子和秦淮水榭的侠妓名娼，听听他们中间的奇行异迹，已尽够使我们把现实的悲苦忘掉，何况更有柳敬亭的如神的说书呢？不晓是什么人的诗，好象有一句"并世颇嫌才士少"——下句大约是"著书常恨古人多"吧？——我也常作这样的想头；不过这位诗人好象在说"除我而外，同时者没有一个才士"，而我的意思是"同时者若有许多才士，那么听听这些才士的逸事，也可以快快乐乐地过却一生。"这是诗人与我见解不同的地方。

讲到了诗，我又想起我的旧式的想头来了。目下在流行着的新诗，果然很好，但是象我这样懒惰无聊，又常想发牢骚的无能力者，性情最适宜的，还是旧诗；你弄到了五个字，或者七个字，就可以把牢骚发尽，多么简便啊。我记得前年生病的时候，有一诗给我女人说：

生死中年两不堪，生非容易死非甘，

剧怜病骨如秋鹤，犹吐青丝学晚蚕，

一样伤心悲薄命，几人愤世作清谈，

何当放棹江湖去，浅水芦花共结庵。

若用新诗来写，怕非要写几十行字不能说出呢！不过象那些老文丐的什么诗选，什么派别，我是大不喜欢的，因为他们的成见太深，弄不出真真的艺术作品来。

近来国学昌明，旧书铺的黄纸大字本的木版书，同中头彩的彩票一样，骤涨了市价，却是一件可贺的喜事；不过我想这一种骸骨的迷恋，和我的骸骨迷恋，是居于相反的地位。我只怕现代的国故整理者太把近代人的"易厌"的"好奇"的心理看重了。但愿他们不要把当初建设下来的注音字母打破，能根本的作他们的整理国故的事业才好。

喜新厌旧，原是人之常情；不过我们黄色同胞的喜新厌旧，未免是过激了；今日之新，一变即成为明日之旧，前日之旧，一变而又为后日之新；扇子的忽而行尖长忽而行短，鞋头的忽而行尖忽而行圆，便是一种国民性的表现；我只希望新文学和国故，不要成为长柄短柄的扇子，尖头圆头的靴鞋。

前天在小馆子里吃饭，看见壁上有一张"莫谈国事"的揭示，我就叫伙计过来，问他我们应该谈什么，他听不懂我的话，就报了许多炒羊肉，炸鲤鱼等等的菜名出来。往后我用手指了那张红条问他从什么时候起的，他笑了一笑说：

"嘿，这是古得很咧！"

我觉得这一个骸骨迷恋，却很有意思。

近来头昏脑乱，读书也不能读，做稿子也做不出，只想回到小时候吃饭不管事的时代去。有时候一个人于将晚的时候在街上独步，看看同时代的人的忙碌，又每想振作一番，做点事业出来。当这一种思想起来的时候，我若不是怨父母不好，不留许多遗产给我，便自家骂自家说：

"你这骸骨迷恋！你该死！你该死！"

十四年一月在北京

南行杂记

一

上船的第二日，海里起了风浪，饭也不能吃，僵卧在舱里，自家倒得了一个反省的机会。

这时候，大约船在舟山岛外的海洋里，窗外又凄其的下雨了。半年来的变化，病状，绝望，和一个女人的不名誉的纠葛，母亲的不了解我的恶骂，在上海的几个月的游荡。一幕一幕的过去的痕迹，很杂乱地尽在眼前交错。

上船前的几天，虽则是心里很牢落，然而实际上仍是一件事情也没有干妥。闲下来在船舱里这么的一想，竟想了许多琐杂的事情来：

"那一笔钱，不晓几时才拿得出来？"

"分配的方法，不晓有没有对 C 君说清？"

"一包火腿和茶叶，不知究竟要什么时候才能送到北京？"

"啊！一封信又忘了！忘了！"

象这样的乱想了一阵，不知不觉，又昏昏的睡去，一直到了午后的三点多钟。在半醒半觉的昏睡余波里沉浸了一回，听见同舱的 K 和 W 在说话，并且话题逼近到自家的身上来了：

"D 不晓得怎么样？" K 的问话。

"叫他一声吧！" W 答。

"喂，D！醒了吧？" K 又放大了声音，向我叫。

"乌乌……乌……醒了，什么时候？"

"舱里空气不好，我们上'突克'① 去换一换空气吧！"

K 的提议，大家赞成了，自家也忙忙的起了床。风停了，雨也已经休止，"突克"上散坐着几个船客。海面的天空，有许多灰色的黑云在那里低徊。一阵一阵的大风渣沫，还时时吹上面来。湿空气里，只听见那几位同船者的杂话声。因为是粤音，所以辨不出什么话来，而实际上我也没有听取人家的说话的意思和准备。

三人在铁栏杆上靠了一会，K 和 W 在笑谈什么话，我只呆呆的凝视着黯淡的海和天，动也不愿意动，话也不愿意说。

正在这一个失神的当儿，背后忽儿听见了一种清脆的女人的声音。回头来一看，却是昨天上船的时候看见过一眼的那个广东姑娘。她大约只有十七八岁年纪，衣服的材料虽则十分朴素，然而剪裁的式样，却很时髦。她的微突的两只近视眼，狭长的脸子，曲而且小且薄的嘴唇，梳的一条垂及腰际的辫发，不高不大的身材，并不白洁的皮肤，以及一举一动的姿势，简直和北京的银弟一样。昨天早晨，在匆忙杂乱的中间，看见了一眼，已经觉得奇怪了，今天在这一个短距离里，又深深地视察了一番，更觉

① 突克，甲板。

得她和银弟的中间，确有一道相通的气质。在两三年前，或者又要弄出许多把戏来搅扰这一位可怜的姑娘的心意；但当精力消疲的此刻，竟和大病的人看见了丰美的盛馔一样，心里只起了一种怨恨，并不想有什么动作。

她手里抱着一个周岁内外的小孩，这小孩尽在吵着，仿佛要她抱上什么地方去的样子。她想想没法，也只好走近了我们的近边，把海浪指给那小孩看。我很自然的和她说了两句话，把小孩的一只肥手捏了一回。小孩还是吵着不已，她又只好把他抱回舱里去。我因为感着了微寒，也不愿意在"突克"上久立，过了几分钟，就匆匆的跑回了船室。

吃完了较早的晚饭，和大家谈了些杂天，电灯上火的时候，窗外又凄凄的起了风雨。大家睡熟了，我因为白天三四个钟头的甜睡，这时候竟合不拢眼来。拿出了一本小说来读，读不上几行，又觉得毫无趣味。丢了书，直躺在被里，想来想去想了半天，觉得在这一个时候对于自家的情味最投合的，还是因那个广东女子而惹起的银弟的回忆。

计算起来，在北京的三年乱杂的生活里，比较得有一点前后的脉络，比较得值得回忆的，还是和银弟的一段恶姻缘。

人生是什么？恋爱又是什么？年纪已经到了三十，相貌又奇丑，毅力也不足，名誉，金钱都说不上的这一个可怜的生物，有谁来和你讲恋爱？在这一种绝望的状态里，醉闷的中间，真想不到会遇着这一个一样飘零的银弟！

我曾经对什么人都声明过，"银弟并不美。也没有什么特别可爱的地方。"若硬要说出一点好处来，那只有她的娇小的年纪和她的尚不十分腐化的童心。

酒后的一次访问，竟种下了恶根，在前年的岁暮，前后两三个月里，弄得我心力耗尽，一直到此刻还没有恢复过来，全身只剩了一层瘦黄的薄皮包着的一副残骨。

这当然说不上是什么恋爱，然而和平常的人肉买卖，仿佛也有点分别。啊啊，你们若要笑我的蠢，笑我的无聊，也只好由你们笑，实际上银弟的身世是有点可同情的地方在那里。

她父亲是乡下的裁缝，没出息的裁缝，本来是苏州塘口的一个恶少年；因为妍识了她的娘，他们俩就逃到了上海，在浙江路的荣安里开设了一间裁缝摊。当然是一间裁缝摊，并不是铺子。在这苦中带乐的生涯里，银弟生下了地。过了几时，她父亲又在上海拐了一笔钱和一个女子，大小四人就又从上海逃到了北京。拐来的那个女子，后来当然只好去当娼妓，银弟的娘也因为男人的不德，饮上了酒，渐渐的变成了班子里的龟婆①。罪恶贯盈，她父亲竟于一天严寒的晚上在雪窠里醉死了。她的娘以节蓄下来的四五百块恶钱，包了一个姑娘，勉强维持她的生活。象这样的日子，过了几年，银弟也长大了。在这中间，她的娘自然不能安分守寡，和一个年轻的琴师又结成了夫妇。循环报应，并不是天理，大约是人事当然的结果；前年春天，银弟也从"度嫁"的身分进了一步，去上捐当作了娼女。而我这前世作孽的冤鬼，也同她前后同时的浮荡在北京城里。

第一次去访问之后，她已经把我的名姓记住。第二天晚上十一点前后醉了回家，家里的老妈子就告诉我说："有一位姓董的，已经打了好几次电话来了。"我当初摸不着头脑，按了老妈子告诉我的号码就打了一个回电。及听到接电话的人说是麝香馆，我才想起了前一晚的事情，所以并没有教他去叫银弟讲话，马上就

---

① 龟婆，即旧时老鸨。

把接话机挂上了。

记得这是前年九、十月中的事情，此后天气一天寒似一天，国内的经济界也因为政局的不安一天衰落一天，胡同里车马的稀少，也是当然的结果。这中间我虽则经济并不宽裕，然而东挪西借，一直到年底止，为银弟开销的账目，总结起来，也有几百块钱的样子。在阔人很多的北京城里，这几百块钱，当然算不得什么一回事，可是由相貌不扬，衣饰不富，经验不足的银弟看来，我已经是她的恩客了。此外还有一件事情，说出来是谁也不相信的，使她更加把我当作了一个不是平常的客人看。

一天北风刮得很利害，寒空里黑云飞满，仿佛就要下雪的日暮，我和几个朋友，在游艺园看完戏之后，上小有天去吃夜饭去。这时候房间和散座，都被人占去了，我们只得在门前小坐，候人家的空位。过了一忽，银弟和一个四十左右的绅士，从里面一间小房间里出来了。当她经过我面前的时候，一位和我去过她那里的朋友，很冒失的叫了她一声，她抬头一看，才注意到我的身上，窑子在游戏场同时遇见两个客人本来是常有的事情，但她仿佛是很难为情的丢下了那个客人来和我招呼。我一点也不变脸色，仍复是平平和和的对她说了几句话，叫她快些出去，免得那个客人要起疑心。她起初还以为我在吃醋，后来看出了我的真心，才很快活的走了。

好容易等到了一间空屋，又因为和银弟讲了几句话的结果，被人家先占了去；我们等了二十几分钟，才得了一间空座进去坐了。吃菜吃到第二碗，伙计在外边嚷，说有电话，要请一位姓×的先生说话。我起初还不很注意，后来听伙计叫的的确是和我一样的姓，心里想或者是家里打来的，因为他们知道我在游艺园，而小有天又是我常去吃晚饭的地方。猫猫虎虎到电话口去一听，就听出了银弟的声音。她要我马上去她那里，她说刚才那个客人本来要请她听戏，但她拒绝了。我本来是不想去的，但吃完晚饭，出游艺园的时候，时间还早，朋友们不愿意就此分散，大家你一句我一句，就决定要我上银弟那里去问她的罪。

在她房里坐了一个多钟头，接着又打了四圈牌，吃完了酒，想马上回家，而银弟和同去的朋友，都要我在那里留宿。他们出去之后，并且把房门带上，在外面上了锁。

那时候已经是一点多钟了，妓院里特有的那一种艳乱的杂音，早已停歇，窗外的风声，倒反而加起劲来。银弟拉我到火炉旁边去坐下，问我何以不愿意在她那里宿。我只是对她笑笑，吸着烟，不和她说话。她呆了一会，就把头搁在我的肩上，哭了起来。妓女的眼泪，本来是不值钱的；尤其是那时候我和她的交情并不深，自从头一次访问之后，拢总还不过去了三四次；所以我看了她这一种样子，心里倒觉得很不快活，以为她在那里用手段。哭了半天，我只好抱她上床，和她横靠在叠好的被条上面。她止住眼泪之后，又沉默了好久，才慢慢地举起头来说：

"耐格人啊，真姆拨良心！"……①

又停了几分钟，感伤的话，一齐的发出来了：

"平常日甲末，耐总勿肯来，来仔末，总说两句鬼话啦，就跑脱哉。打电话末，总教老妈子回复，说'勿拉屋里！'真朝碰着仔，要耐来拉给搭，耐回想跑回起。叫人家格面子阿过得

---

① 苏州方言，意为：你这个人啊，真没有良心！……

起？……数数看，象哦给当人，实在勿配做耐格朋友……"①

说到了这里，她又重新哭了起来，我的心也被她哭软了。拿出手帕来替她擦干了眼泪，我不由自主的吻了她好半天。换了衣服，洗了身，和她在被里睡好，桌上的摆钟，正敲了四下。这时候她的余哀未去，我也很起了一种悲感，所以两人虽抱在一起，心里却并没有失掉互相尊敬的心思。第二天一直睡到午前的十点钟起来，两人间也不曾有一点猥亵的行为。起床之后，洗完脸，要去叫早点心的时候，她问我吃荤的呢还是吃素的，我对她笑了一笑，她才跑过来捏了我一把，轻轻的骂我说：

"耐拉取笑娥呢，回是勒拉取笑耐自家？"②

我也轻轻的回答她说：

"我益格沫事，已经割脱着！"③

这一晚的事情，说出来大家总不肯相信，但从此之后，她对我的感情，的确是剧变了。因此我也更加觉得她的可怜，所以自那时候起到年底止的两三个月中间，我竟为她付了几百块钱的账。当她身子不净的时候，也接连在她那里留了好几夜宿。

去年正月，因为一位朋友要我去帮他的忙，不得不在兵荒燎乱之际，离开北京，西车站的她的一场大哭，又给了我一个很深的印象。

躺在船舱里的棉被上，把银弟和我中间的一场一场的悲喜剧，回想起来之后，神经愈觉得兴奋，愈是睡不着了。不得已只

---

① 苏州方言，意为：平常日子，你总不肯来，来了的话，总说两句鬼话，就跑开了。打电话，总教老妈子回复，说"不在屋里！"今天碰到你，要你来这里，你还想跑回去。叫人家的面子怎么过得去？……想想看，象我这种人，实在不配做你的朋友……

② 苏州方言，意为：你在取笑我呢，还是在取笑你自己？

③ 苏州方言，意为：我更加没事，已经割掉了。

好起来，拿了烟罐火柴，想上食堂去吸烟去。跳下了床，开门出来，在门外的通路上，却巧又遇见了那位很象银弟的广东姑娘。我因为正在回忆之后，突然见了她的形象，照耀在电灯光里，心里忽而起了一种奇妙的感觉，竟瞪了两眼，呆呆的站住了。她看了我的奇怪的样子，也好象很诧异似的站住了脚。这时候幸亏同船者都已睡尽，没有人看见；而我也于一分钟之内，回复了意识，便不慌不忙的走过她的身边，对她问了一声："还没有睡么？"就上食堂去吸烟去。

二

从上海出发之后第四天的早晨，听说是已经过了汕头，也许今天晚上可以进虎门的。船客的脸上，都现出一种希望的表情来；天也放晴，"突克"上的人声也嘈杂起来了。

这一次的航海，总算还好，风浪不十分大，路上也没有遇着强盗，而今天所走的地方，已经是安全地带了。在"突克"的左旁，一位广东的老商人，一边拿了望远镜在望海边的岛屿，一边很努力的用了普通话对我说了一段话。

太阳忽隐忽现，海风还是微微的拂上面来，我们究竟向南走了几千里路，原是谁也说不清楚；可是纬度的变迁的证明，从我们的换了夹衣之后，还觉得闷热的事实上找得出来，所以我也不知不觉的对那老商人说：

"老先生，我们已经接触了南国的风光了！"

吃了早午饭，又在"突克"上和那老商人站立了一回，看看远处的岛屿海岸，也没有什么不同的变化，我就回到了舱里去享受午睡。大约是几天来运动不足，消化不良的缘故，头一搁下枕，就作了许多乱梦。梦见了去年在北京德国病院里死的一位朋友；梦见了两月前头，在故乡和我要好的那个女人，又梦见了几回哥哥和我吵闹的情形；最后又梦见我自家在一家酒店门口发怔，因为这酒家柜上，一盘一盘陈列着在卖的尽是煮熟了的人头和人的上半身。

午后三点多钟，睡醒之后，又上"突克"去看了一次，四面的景色，还是和午前一样，问问同伴，说要明天午后，才得到广州。幸而这时候那广东姑娘出来了，和她不即不离的说了几句极普通的话，觉得旅愁又减少于一点。这一晚和前几晚一样，看了几页小说，吸了几枝烟，想了些前后错杂的事情，就不知不觉的睡着了。

船到虎门外，等领港的到来，慢慢的驶进珠江，是在开船后第五天的午后三点多钟；天空黯淡，细雨丝丝在下，四面的小岛，远近的渔村，水边的绿树，使一般船客都中心不定地跑来跑去在"突克"和舱室的中间行走；南方的风物，煞是离奇，煞是可爱！

若在北方，这时候只是一片黄沙瘠土，空林里总认不出一串青枝绿叶来；而这南乡的二月，水边山上，苍翠欲滴的树叶，不消再说，江岸附近的水田里，仿佛是已经在忙分秧稻的样子。珠江江口，汊港又多，小岛更伙，望南望北，看得出来的，不是嫩绿浓荫的高树，便是方圆整洁的农园。树荫下有依水傍山的瓦屋，园场里排列着荔枝龙眼的长行，中间且有粗枝大干，红似相思的木棉花树，这是梦境呢还是实际？我在船头上竟看得发呆了。

"美啊！这不是和日本长崎口外的风景一样么？"同舱的 K 叫着说。

"美啊！这简直是江南五月的清和景！"同舱的 W 亦受了感动。

"可惜今天的天气不好，把这一幅好景致染上了忧郁的色彩。"我也附和他们说。

船慢慢的进了珠江，两岸的水乡人家的春联和门楣上的横额，都看得清清楚楚。前面老远，在空蒙的烟雨里，有两座小小的宝塔看见了。

"那是广州城！"

"那是黄埔！"

像这样的惊喜的叫唤，时时可以听见，而细雨还是不止，天色竟阴阴的晚了。

吃过晚饭，再走出舱来的时候，四面已经是夜景了。远近的湾港里，时有几盏明灭的渔灯看得出来，岸上人家的墙壁，还依稀可以辨认。广州城的灯火，看得很清，可是问问船员，说到白鹅潭还有二十多里。立在黄昏的细雨里，尽把脖子伸长，向黑暗中瞭望，也没有什么意思，又想回到食堂里去吸烟，但 W 和 K 却不愿意离开"突克"。

不知经过了几久，轮船的轮机声停止了。"突克"上充满了压人的寂静，几个喜欢说话的人，又受了这寂静的威胁，不敢作声；忽而船停住了，跑来跑去有几个水手呼唤的声音。轮船下舢板中的男女的声音，也听得出来了，四面的灯火人家，也增加了数目。舱里的茶房，不知道什么时候出来的，这时候也站在我们的身旁，对我们说：

"船已经到了，你们还是回舱去照料东西吧！广东地方可不是好地方。"

我们问他可不可以上岸去，他说晚上雇舢板危险，还不如明天早上上去的好，这一晚总算到了广州，而仍在船上宿了一宵。

在白鹅潭的一宿，也算是这次南行的一个纪念，总算又和那广东姑娘同在一只船上多睡了一晚。第二天早晨，天一亮，不及和那姑娘话别，我们就雇了小艇，冒雨冲上岸来了。

十四年四月二十日

沪战中的生活

一月二十八日，是阴晴的天气。我因为前夜看书看到了深夜，似乎感受了风寒，所以在那一天，竟在床上睡了一整天没有起来。

晚饭后有友人来谈，便一同出去上一家新故的友人的家里，大家又聚谈到了夜半，其中有一位朋友，是住在江湾的车站近旁的。

谈话的资料，当然是关于日本帝国主义者侵掠中国的问题。大家都以为日本帝国主义的侵掠，在现一阶段里当然只限于与二十一条条件有关的几省，这一次对于上海的威胁最后通牒，总不会发生什么事情的。因为一，南京政府已表示了完全的屈服，条件都已经承认了；二，实际上有许多抗日的机关，和国民党的报纸，都遵命封闭了，相打而没有对手——对手是有的，可只是些没有组织与没有武器的民众——当然是不至于发生冲突的。况且在这一天最后通牒满限的下午，虹口日本人住得最多的一带地域里，日本海军陆战队本部，并已经发出了安民的告示，说中国政府完全承认了最后通牒里所要求的条件，在上海已经不会发生战斗行为了，教居民不要自相惊扰，尽管大着胆，安居乐业好了。这一晚，大家谈谈说说，竟坐到了十二点钟过后，方才走散。因为各人的住所，都偏近在沪西的一隅，所以在回家来的路上，还没有听到什么枪声。但等我在床上睡定，拿了一册新到的外国杂志，正想打开来在枕上阅读的时候，从窗外面的大道上却传进了许多乱杂的机器脚踏车汽车的轮步声来。这倒也不去管它，到了睡后醒来的午前两三点的时候，情形可不对了，于这些传令兵的机器脚踏车声之外，在暗黑的空中又听出了许多飞机的推进机声来。同在噩梦里似的又昏睡了三四个钟头，早晨起来一看，果然闸北天通庵一带中日两军已经开火了。《时报》上的"我军大胜"的四个红字，竟激动了全市民众的脑筋，仆仆仆仆的机枪声，拍拍拍的来福枪声，更打醒了租界上三百万居民的迷梦。

此后就是飞机炸弹，大炮机枪，火光烟焰，难民兵车的混合场面。谣言蜂起，百事中断，在一夜的中间，上海就变成了被恐怖所压倒的阿鼻地狱。

二十九日，是一天晴天。我也兴奋得什么事情都不能做；从自己的经验想来，高坐在南京的景阳宫里，只在呼喊着镇静镇静的那些王侯将相，大约是因为没有身受着炮火的威胁之故。这一天在巷头街上，都是三五成群的市民的空谈高噪。言语中总脱不了打仗的两字，消息总只是十九路军的英勇和东洋人的惨酷无道，但是关于实际的战争情形，却一点儿也没有确实的报告。只有从接连不断的难民连索中间一人两人的口中所说出的恐怖状态，和飞满在天空的烟焰炮声，总算是唯一的事实断片。这一天，我也在马路上和一位朋友走了一个下午。

我们且走且谈且梦想，下面的许多主张和应有的猜度，仿佛是已经实现了的事实，中国因此一战，仿佛是已经成了世界的最先进最强而有力的社会主义的国家似的：

——十九路军可以直冲到租界上来。

——租界，不平等条约，以及帝国主义者们加在中国人身上的一切枷锁，立时斩断了就对。

——上海的中国住民有三百万，帝国主义者的军队及住民，合计起来，也不上十万，大家拼起命来，还怕什么？

——今晚电灯自来水交通机关、华捕以及在帝国主义者门下服务的中国人，大约总须全体总罢工。租界上一定会先来一个暴动。

——工人及一切无产者的党，一定已经下了动员令了，这样的好机会不利用，还待什么时候起来革命。

——是巴黎公社再现在东方的时期了。

——明朝就是中国×××在上海组织成立的日子。

——先以民众的肉弹来封锁住吴淞口岸，使帝国主义者的军队外不得进，里不得出。

——大家一定要起来，先围缴了巡捕房的械，然后再去夺驻在上海的帝国主义各国的兵士的军器。

——先和帝国主义者们算清了账，打倒了他们，再去肃清南京的帝国主义的走狗政府，是顶容易的一件事情。

——国际关系哩，美国对中国当然是没有领土的野心的。英国哩，有印度在。法国虽可以对日本与以财政上及军械上的资助，然而究竟是缓不济急，赶来不及的。欧洲各国，受着经济恐慌的直接影响，对于东方事情，哪里还能够来顾问。万一德法的法西斯蒂一动，意大利的黑色军队一出发，那么自然是第二次世界大战了，并不是中国一国的事情。况且美国的太平洋舰队，就是对日本的法西斯蒂野心家的一个最大威胁。

　　这样的兴奋着，高谈着，梦想着，我和那位朋友竟忘记了脚力的疲乏，从沪西一直走到了大马路的外滩，从外滩又走到了法界。在我们的周围前后，不消说是一样地在兴奋，在高谈，在梦想的三五成群的中国民众。两边的商店全罢了市，新闻纸，号外，标语，和不正确的谣言，飞满了全市。此外便是帝国主义或传令的兵车和调防的队伍，与难民的"出埃及"的长蛇大阵。而最奇怪的现象，是在租界的交通大道上，忽而不见了帝国主义者支配下的守卫的岗警；在这一天里，非但白色巡捕的面孔一张也不见，就是印度巡捕的硕大的黑体，也在街头巷尾，失去了踪影。东北的空中只是飞机声，枪声，火光，烟焰与叫号呼唤的声音。

　　这样的兴奋状态，一连继续了三五天。在头一日所梦想的种种事情，竟一件也没有发生。暴动并不起来，总罢工也没有消息，中国的军队也并没有冲到租界上来。这中间帝国主义者的军队愈来愈多，上海的戒严准备，也布置得水泄不通；虽则日日还听见大炮枪声，夜夜还看见大火满天，但是神经却已经麻木了。头一次的兴奋过后，大而无当的空想幻想，逐渐地消散了开去；我和几位日日来我这里吃饭谈天的从北四川路逃来的朋友，倒想起迫近在身边的实际事情来了，于是就去做了些探访住在战区里的许多不曾见到的朋友的事情。

　　其后便是在战期里的经济压迫的缓避计划，和一个没落小资产知识阶级所能做到的对于这次帝国主义者来侵的自卫态度和表示等工作了。

　　这中间有几位朋友便发起了许多反帝抗日的协会联盟等团体，我虽则没有积极去帮忙活动，但是出席的出席，介绍的介绍，总算也尽了一点毫无裨益的义务，而最觉得吃力不讨好的两件事情，便是在这战期里所做的两篇文字。

　　其一是为一个抗日反帝团体要出周刊之故，勉强写成的一篇不满千字的短文。当时是在美国那位浪漫技师萧脱刚在苏州阵亡之后，我对于他和中国政府的关系等并不明白——因为这是在他死后的第二日，各报并没有详细的记载，而他的究竟死否，也是没有证实——所以只说了些称颂他的义烈，与愤恨中国政府军队的不抵抗和阴谋的废话。并且正当这个时候，日本对十九路军所发的通牒，是在责难该军的不受中央政府的命令，说他们的行动，是等于匪军，日本帝国的军队，系受了中国中央政府之托，来替天行道，代某总司令来做剿匪的事情的。此外我还听到有许多日本的政客告诉我的中国当局者所干的卑劣无耻到极点的消息，故而在那一篇短文里竟没有说到世界的大势，和这一次日本来侵的国际背景与理论。更因为来催索那篇短文的朋友，简直是坐在客室里立等着般地在督促，所以写的时候，也将许多重要的议论抽了，只说了些梦话似的诗语。在这一种情形里写成的这篇短文，不提防竟于一个多月之后，才在那一个刊物的第一期上登了出来。大约是因为登在我那篇短文的前后的，都是些世界的名人如巴比斯、高尔基等的言论之故，故而登出来了以后，听说在该刊的编辑委员们中间，居然惹起了一个绝大的问题。诸位编辑委员先生，仿佛以为我在替某派捧场，所以才写那篇东西的；他们以为我对于世界的情势，简直是完全不懂的样子。他们的意见，我原也明白，可是由我说来，则他们对我那篇短文的解释，却是完全逸出了我的意料之外。我并不是说，这一回日本帝国主义的军队的来侵，完全是由中国的几个军阀所造成的，我不过说这是一个近因而已；至于世界帝国主义和共产主义的冲突，或不可避免的世界第二次大战的情势等抽象理论，则非但我这个从前也看过一点政治经济的书的人该有些一知半解的认识，我想就是××主义的党官，大约也该不会不知道得明明白白。

其二，是在战期里为经济所逼，用了最大的速力写出来的一篇小说《她是一个弱女子》。这小说的题材，我是在好几年前就想好了的，不过有许多细节和近事，是在这一次的沪战中，因为阅旧时的日记，才编好穿插进去，用作点缀的东西。我的意思，是在造出三个意识志趣不同的女性来，如实地描写出她们所走的路径和所有的结果，好叫读者自己去选择应该走哪一条路。三个女性中间，不消说一个是代表土豪资产阶级的堕落的女性，一个是代表小资产阶级的犹豫不决的女性，一个是代表向上的小资产阶级的奋斗的女性。这小说的情节人物，当然是凭空的捏造，实际上既没有这样的人物存在，也并没有这样的事情发生过的。可是当这小说出世不久的现在，我却忽而接到了许多由杭州的读者所寄来的信，问我书中的某某是不是在指实在的某某，因为书中所描写在那里的那一位土豪的女儿，实际上是和实在的某某相象得很；她的容貌言行性格和她所经过的许多情事，以及现在正在进行的那件新的情交，都是实在的事情。其中有一位读者，并且还附寄了一张女扮男装的照相来，问我书中所写的那位男性的女子，是否便是此人。这么一来，倒真使我有点难以应对了。总而言之，我想这些误会的所以发生，大约是因为我这一篇小说的技巧的拙劣之所致。因为急急于在报告事实，而忽略了把这些事实来美化艺术化的工夫，所以使读者读后却只感觉着仿佛是在读报纸上的社会记事，于是就以为这是在写某人，这是在写某事。受了这一回的教训，我下回倒又可以改进一步了，但是这一次的失败，应该要请读者想想我那个不纯的动机，就是急急乎想粗制滥造点东西出来卖钱的那个卑劣心想而加以原谅。

在沪战期间，总算只做了这两篇吃力不讨好的文字，感到了许多幻想消灭的悲哀，和买了许多平时所不想买的关于战争及政治的书籍。此外的生活起居，则和平时也没有什么不同的变化；因为我的寓居，是偏在沪西，还没有受到家破人亡的直接影响。但因为要做小说，因为要逃掉上我家里来避难者们的喧扰，一时逃难是也曾逃过的。

一九三二年五月

暗　夜

　　什么什么？那些东西都不是我写的。我会写什么东西呢？近来怕得很，怕人提起我来。今天晚上风真大，怕江里又要翻掉几只船哩！啊，啊呀，怎么，电灯灭了？啊，来了，啊呀，又灭了。等一忽吧，怕就会来的。象这样黑暗里坐着，倒也有点味儿。噢，你有洋火么？等一等，让我摸一枝洋蜡出来。……啊唷，混蛋，椅子碰破了我的腿！不要紧，不要紧，好，有了……

　　这洋烛光，倒也好玩得很。呜呼呼，你还记得么？白天我做的那篇模仿小学教科书的文章："暮春三月，牡丹盛开，我与友人，游戏庭前，燕子飞来，觅食甚勤，可以人而不如鸟乎。"我现在又想了一篇，"某生夜读甚勤，西北风起，吹灭电灯，洋烛之光。"呜呼呼……近来什么也不能做，可是象这种小文章，倒也还做得出来，很不坏吧？我的女人么？暖，她大约不至于生病吧！暑假里，倒想回去走一趟。就是怕回去一趟，又要生下小孩来，麻烦不过。你那里还有酒么？啊唷，不要把洋烛也吹灭了，风声真大呀！可了不得！……去拿么，酒？等一等，拿一盒洋火，我同你去。……廊上的电灯也灭了么？小心扶梯！喔，灭了！混蛋，不点了吧，横竖出去总要吹灭的。……噢噢，好大的风！冷！真冷！……嗳！

故都的秋

秋天，无论在什么地方的秋天，总是好的；可是啊，北国的秋，却特别地来得清，来得静，来得悲凉。我的不远千里，要从杭州赶上青岛，更要从青岛赶上北平来的理由，也不过想饱尝一尝这"秋"，这故都的秋味。

江南，秋当然也是有的；但草木凋得慢，空气来得润，天的颜色显得淡，并且又时常多雨而少风；一个人夹在苏州上海杭州，或厦门香港广州的市民中间，浑浑沌沌地过去，只能感到一点点清凉，秋的味，秋的色，秋的意境与姿态，总看不饱，尝不透，赏玩不到十足。秋并不是名花，也并不是美酒，那一种半开，半醉的状态，在领略秋的过程上，是不合适的。

不逢北国之秋，已将近十余年了。在南方每年到了秋天，总要想起陶然亭的芦花，钓鱼台的柳影，西山的虫唱，玉泉的夜月，潭柘寺的钟声。在北平即使不出门去吧，就是在皇城人海之中，租人家一椽破屋来住着，早晨起来，泡一碗浓茶，向院子一坐，你也能看得到很高很高的碧绿的天色，听得到青天下驯鸽的飞声。从槐树叶底，朝东细数着一丝一丝漏下来的日光，或在破壁腰中，静对着象喇叭似的牵牛花（朝荣）的蓝朵，自然而然地也能够感觉到十分的秋意。说到了牵牛花，我以为以蓝色或白色者为佳，紫黑色次之，淡红色最下。最好，还要在牵牛花底，教长着几根疏疏落落的尖细且长的秋草，使作陪衬。

北国的槐树，也是一种能使人联想起秋来的点缀。象花而又不是花的那一种落蕊，早晨起来，会铺得满地。脚踏上去，声音也没有，气味也没有，只能感出一点点极微细极柔软的触觉。扫街的在树影下一阵扫后，灰土上留下来的一条条扫帚的丝纹，看起来既觉得细腻，又觉得清闲，潜意识下并且还觉得有点儿落寞，古人所说的梧桐一叶而天下知秋的遥想，大约也就在这些深沉的地方。

秋蝉的衰弱的残声，更是北国的特产；因为北平处处全长着树，屋子又低，所以无论在什么地方，都听得见它们的啼唱。在南方是非要上郊外或山上去才听得到的。这秋蝉的嘶叫，在北平可和蟋蟀耗子一样，简直象是家家户户都养在家里的家虫。

还有秋雨哩，北方的秋雨，也似乎比南方的下得奇，下得有味，下得更象样。

在灰沉沉的天底下，忽而来一阵凉风，便息列索落地下起雨来了。一层雨过，云渐渐地卷向了西去，天又青了，太阳又露出脸来了；着着很厚的青布单衣或夹袄的都市闲人，咬着烟管，在雨后的斜桥影里，上桥头树底下去一立，遇见熟人，便会用了缓慢悠闲的声调，微叹着互答着的说：

"唉，天可真凉了——"（这了字念得很高，拖得很长。）

"可不是么？一层秋雨一层凉啦！"

北方人念阵字，总老象是层字，平平仄仄起来，这念错的歧韵，倒来得正好。

北方的果树，到秋来，也是一种奇景。第一是枣子树；屋角，墙头，茅房边上，灶房门口，它都会一株株的长大起来。象橄榄又象鸽蛋似的这枣子颗儿，在小椭圆形的细叶中间，显出淡绿微黄的颜色的时候，正是秋的全盛时期；等枣树叶落，枣子红完，西北风就要起来了，北方便是尘沙灰土的世界，只有这枣子，柿子，葡萄，成熟到八九分的七八月之交，是北国的清秋的佳日，是一年之中最好也没有的 Golden Days①。

有些批评家说，中国的文人学士，尤其是诗人，都带着很浓厚的颓废色彩，所以中国的诗文里，颂赞秋的文字特别的多。但外国的诗人，又何尝不然？我虽则外国诗文念得不多，也不想开出账来，做一篇秋的诗歌散文钞，但你若去一翻英德法意等诗人的集子，或各国的诗文的 Anthology② 来，总能够看到许多关于秋的歌颂与悲啼。各著名的大诗人的长篇田园诗或四季诗里，也总以关于秋的部分，写得最出色而最有味。足见有感觉的动物，有情趣的人类，对于秋，总是一样的能特别引起深沉、幽远、严厉、萧索的感触来的。不单是诗人，就是被关闭在牢狱里的囚犯，到了秋天，我想也一定会感到一种不能自已的深情；秋之于人，何尝有国别，更何尝有人种阶级的区别呢？不过在中国，文字里有一个"秋士"③ 的成语，读本里又有着很普遍的欧阳子的《秋声》与苏东坡的《赤壁赋》等，就觉得中国的文人，与秋的关系特别深了。可是这秋的深味，尤其是中国的秋的深味，非要在北方，才感受得到的。

南国之秋，当然是也有它的特异的地方的，譬如廿四桥的明

---

① Golden Days，英文，黄金般的日子或黄金般的节日。
② Anthology，英语，选集。
③ 秋士，思想上有迟暮感的人。

月，钱塘江的秋潮，普陀山的凉雾，荔枝湾的残荷等等，可是色彩不浓，回味不永。比起北国的秋来，正象是黄酒之与白干，稀饭之与馍馍，鲈鱼之与大蟹，黄犬之与骆驼。

秋天，这北国的秋天，若留得住的话，我愿把寿命的三分之二折去，换得一个三分之一的零头。

一九三四年八月，在北平

饮食男女在福州

福州的食品，向来就很为外省人所赏识；前十余年在北平，说起私家的厨子，我们总同声一致的赞成刘崧生先生和林宗孟先生家里的蔬菜的可口。当时宣武门外的忠信堂正在流行，而这忠信堂的主人，就系旧日刘家的厨子，曾经做过清室的御厨房的。上海的小有天以及现在早已歇业了的消闲别墅，在粤菜还没有征服上海之先，也曾盛行过一时。面食里的伊府面，听说还是汀洲伊墨卿太守的创作；太守住扬州日久，与袁子才也时相往来，可惜他没有象随园老人那么的好事，留下一本食谱来，教给我们以烹调之法；否则，这一个福建萨伐郎（Savain）的荣誉，也早就可以驰名海外了。

福州菜的所以会这样著名，而实际上却也实在是丰盛不过的原因，第一、当然是由于天然物产的富足。福建全省，东南并海，西北多山，所以山珍海味，一例的都贱如泥沙。听说沿海的居民，不必忧虑饥饿，大海潮回，只消上海滨去走走，就可以拾一篮海货来充作食品。又加以地气温暖，土质腴厚，森林蔬菜，随处都可以培植，随时都可以采撷。一年四季，笋类菜类，常是不断；野菜的味道，吃起来又比别处的来得鲜甜。福建既有了这样丰富的天产，再加上以在外省各地游宦营商者的数目的众多，作料采从本地，烹制学自外方，五味调和，百珍并列，于是乎闽菜之名，就喧传在饕餮家的口上了。清初周亮工著的《闽小纪》两卷，记述食品处独多，按理原也是应该的。

福州的海味，在春三二月间，最流行而肥美的，要算来自长乐的蚌肉，与海滨一带多有的蛎房。《闽小纪》里所说的西施舌，不知是否指蚌肉而言；色白而腴，味脆而鲜，以鸡汤煮得适宜，长圆的蚌肉，实在是色香味俱佳的神品。听说从前有一位海军当局者，老母病剧，颇思乡味；远在千里外，欲得一蚌肉，以解死前一刻的渴慕，部长纯孝，就以飞机运蚌肉至都。从这一件轶事看来，也可想见这蚌肉的风味了；我这一回赶上福州，正及蚌肉上市的时候，所以红烧白煮，吃尽了几百个蚌，总算也是此生的豪举，特笔记此，聊志口福。

蛎房并不是福州独有的特产，但福建的蛎房，却比江浙沿海一带所产的，特别的肥嫩清洁。正二三月间，沿路的摊头店里，到处都堆满着这淡蓝色的水包肉；价钱的廉，味道的鲜，比到东坡在岭南所贪食的蚝，当然只会得超过。可惜苏公不曾到闽南去谪居，否则，阳羡之田，可以不买，苏氏子孙，或将永寓在三山二塔之下，也说不定。福州人叫蛎房作"地衣"，略带"挨"字的尾声，写起字来，我想只有"蚔"字，可以当得。

在清初的时候，江瑶柱①似乎还没有现在那么的通行，所以周亮工再三的称道，誉为逸品。在目下的福州，江瑶柱却并没有人提起了，鱼翅席上，缺少不得的，倒是一种类似宁波横脚蟹的

---

① 江瑶柱，一种名贵海味，产于中国沿海一带。

蟳蟹，福州人叫作"新恩"，《闽小纪》里所说的虎蟳，大约就是此物。据福州人说，蟳肉最滋补，也最容易消化，所以产妇病人以及体弱的人，往往爱吃。但由对蟹类素无好感的我来看，却仍赞成周亮工之言，终觉得质粗味劣，远不及蚌与蛎房或香螺的来得干脆。

福州海味的种类，除上述的三种以外，原也很多很多；但是别地方也有，我们平常在上海也常常吃得到的东西，记下来也没有什么价值，所以不说。至于与海错相对的山珍哩，却更是可以干制，可以输出的东西，益发的没有记述的必要了，所以在这里只想说一说叫作肉燕的那一种奇异的包皮。

初到福州，打从大街小巷里走过，看见好些店家，都有一个大砧头摆在店中，一两位壮强的男子，拿了木锥，只在对着砧上的一大块猪肉，一下一下的死劲的敲。把猪肉这样的乱敲乱打，究竟算怎么回事？我每次看见，总觉得奇怪；后来向福州的朋友一打听，才知道这就是制肉燕的原料了。所谓肉燕者，就是将猪肉打得粉烂，和入面粉，然后再制成皮子。如包馄饨的外皮一样，用以来包制菜蔬的东西。听说这物事在福建，也只是福州独有的特产。

福州食品的味道，大抵重糖；有几家真正福州馆子里烧出来的鸡鸭四件，简直是同蜜饯的罐头一样，不杂入一粒盐花。因此福州人的牙齿，十人九坏。有一次去看三赛乐的闽剧，看见台上演戏的人，个个都是满口黄金；回头更向左右的观众一看，妇女子的嘴里也大半镶着全副的金色牙齿。于是天黄黄，地黄黄，弄得我这一向就痛恨金牙齿的偏执狂者，几乎想放声大哭，以为福州人故意在和我捣乱。

将这些脱嫌糖重的食味除起，若论到酒，则福州的那一种土黄酒，也还勉强可以喝得。周亮工所记的玉带春、梨花白、蓝家酒、碧霞酒、莲须白、河清、双夹、西施红、状元红等，我都不曾喝过，所以不敢品评。只有会城各处在卖的鸡老（酪）酒，颜色却和绍酒一样的红似琥珀，味道略苦，喝多了觉得头痛。听说这是以一生鸡，悬之酒中，等鸡肉都化了后，然后开坛饮用的酒，自然也是越陈越好。福州酒店外面，都写酒库两字，发卖叫发扛，也是新奇得很的名称。以红糟酿的甜酒，味道有点象上海的甜白酒，不过颜色桃红，当是西施红等名目出处的由来。莆田的荔枝酒，颜色深红带黑，味甘甜如西班牙的宝德红葡萄，虽则名贵，但我却终不喜欢。福州一般宴客，喝的总还是绍兴花雕，价钱极贵，斤两又不足，而酒味也淡似沪杭各地，我觉得建庄终究不及京庄。

福州的水果花木，终年不断；橙柑、福橘、佛手、荔枝、龙眼、甘蔗、香蕉，以及茉莉、兰花、橄榄等等，都是全国闻名的品物；好事者且各有谱牒之著，我在这里，自然可以不说。

闽茶半出自武夷，就是不是武夷之产，也往往借这名山为号召。铁罗汉，铁观音的两种，为茶中柳下惠，非红非绿，略带赭色；酒醉之后，喝它三杯两盏，头脑倒真能清醒一下。其他若龙团玉乳，大约名目总也不少，我不恋茶娇，终是俗客，深恐品评失当，贻笑大方，在这里只好轻轻放过。

从《闽小纪》中的记载来看，番薯似乎还是福建人开始从南洋运来的代食品；其后因种植的便利，食味的甘美，就流传到内地去了；这植物传播到中国来的时代，只在三百年前，是明末清初的时候，因亮工所记如此，不晓得究竟是否确实。不过福建的米麦，向来就是不足，现在也须仰给于外省或台湾，但田稻倒又可以一年两植。而福州正式的酒席，大抵总不吃饭散场，因为菜太丰盛了，吃到后来，总已个个饱满，用不着再以饭颗来充腹之故。

饮食处的有名处所，城内为树春园、南轩、河上酒家、可然亭等。味和小吃，亦佳且廉；仓前的鸭面，南门兜的素菜与牛肉馆，鼓楼西的水饺铺，都是各有长处的小吃处；久吃了自然不对，偶尔去一试，倒也别有风味。城外在南台的西菜馆，有嘉宾、西宴台、法大、西来，以及前临闽江，内设戏台的广聚楼等。洪山桥畔的义心楼，以吃形同比目鱼的贴沙鱼著名；仓前山的快乐林，以吃小盘西洋菜见称，这些当然又是菜馆中的别调。至如我所寄寓的青年会食堂，地方清洁宽广，中西菜也可以吃吃，只是不同耶稣的飨宴十二门徒一样，不许顾客醉饮葡萄酒浆，所以正式请客，大感不便。

此外则福建特有的温泉浴场，如汤门外的百合、福龙泉，飞机场的乐天泉等，也备有饮馔供客；浴客往往在这些浴场里可以鬼混一天，不必出外去买酒买食，却也便利。从前听说更可以在个人池内男女同浴，则饮食男女，就不必分求，一举竟可以两得了。

要说福州的女子，先得说一说福建的人种。大约福建土著的最初老百姓，为南洋近边的海岛人种；所以面貌习俗，与日本的九州一带，有点相象。其后汉族南下，与这些土人杂婚，就成了无诸种族，系在春秋战国，吴越争霸之后。到得唐朝，大兵入境；相传当时曾经杀尽了福建的男子，只留下女人，以配光身的兵士；故而直至现在，福州人还呼丈夫为"唐晡人"，晡者系日暮袭来的意思，同时女人的"诸娘仔"之名，也出来了。还有现在东门外北门外的许多工女农妇，头上仍带着三把银刀似的簪为发饰，俗称他们作三把刀，据说犹是当时的遗制。因为她们的父亲丈夫儿子，都被外来的征服者杀了；她们誓死不肯从敌，故而时时带着三把刀在身边，预备复仇。只今台湾的福建籍妓女，听说也是一样；亡国到了现在，也已经有好多年了，而她们却仍不肯与日本的嫖客同宿。若有人破此旧习，而与日本嫖客同宿一宵者，同人中就视作禽兽，耻不与伍，这又是多么悲壮的一幕惨剧！谁说犹唱后庭花处，商女都不知家国的兴亡哩！试看汉奸到处卖国，而妓女乃不肯辱身，其间相去，又岂只泾渭的不同？这一种古代的人种，与唐人杂婚之后，一部分不完全唐化，仍保留着他们固有的生活习惯，宗教仪式的，就是现在仍旧退居在北门外万山深处的畲民。此外的一族，以水上为家，明清以后，一向被视为贱民，不时受汉人的蹂躏的，相传其祖先系蒙古人，自元亡后，遂贬为疍户，俗呼科蹄。科蹄实为曲蹄之别音，因他们常常曲膝盘坐在船舱之内，两脚弯曲，故有此称。串通倭寇，骚扰沿海一带的居民，古时在泉州叫作泉郎的，就是这一种人的旁支。

因为福州人种的血统，有这种种的沿革，所以福建人的面貌，和一般中原的汉族，有点两样。大致广颡深眼，鼻子与颧骨高突，两颊深陷成窝，下额部也稍稍尖凸向前。这一种面相，生在男人的身上，倒也并不觉得特别；但一生在女人的身上，高突部为嫩白的皮肉所调和，看起来却个个都是线条刻划分明，象是希腊古代的雕塑人形了。福州女子的另一特点，是在她们的皮色的细白。生长在深闺中的宦家小姐，不见天日，白腻原也应该；最奇怪的，却是那些住在城外的工农佣妇，也一例地有着那种嫩白微红，象刚施过脂粉似的皮肤。大约日夕灌溉的温泉浴是一种关系，吃的闽江江水，总也是一种关系。

我们从前没有居住过福建，心目中总只以为福建人种，是一种蛮族，后来到了那里，和他们的文化一接触，才晓得他们虽则开化得较迟，但进步得却很快；又因为东南是海港的关系，中西文化的交流，也比中原僻地为频繁，所以闽南的有些都市，简直繁华摩登得可以同上海来争甲乙。及至观察稍深，一移目到了福州的女性，更觉得她们的美的水准，比苏杭的女子要高好几倍；而装饰的入时，身体的健康，比到苏州的小型女子，又得高强数倍都不止。

"天生丽质难自弃"，表露欲，装饰欲，原是女性的特嗜；而福州女子所有的这一种显示本能，似乎比什么地方的人还要强一点。因而天晴气爽，或岁时伏腊①，有迎神赛会②的关头，南大街，仓前山一带，完全是美妇人披露的画廊。眼睛个个是灵敏深黑的，鼻梁个个是细长高突的，皮肤个个是柔嫩雪白的；此外还要加上以最摩登的衣饰，与来自巴黎纽约的化装品的香雾与红霞，你说这幅福州晴天午后的全景，美丽不美丽？迷人不迷人？

亦唯因此之故，所以也影响到了社会，影响到了风俗。国民经济破产，是全国到处都一样的事实；而这些妇女子们，又大半是不生产的中流以下的阶级。衣食不足，礼义廉耻之凋伤，原是自然的结果，故而在福州住不上几月，就时时有暗娼流行的风说，传到耳边上来。都市集中人口以后，这实在也是一种不可避免而急待解决的社会大问题。

说及了娼妓，自然不得不说一说福州的官娼。从前邵武诗人张亨甫，曾著过一部《南浦秋波录》，是专记南台一带的烟花韵事的；现在世业凋零，景气全落，这些乐户人家，完全没有旧日

---

① 伏腊，古代两种祭祀的名称：伏，夏天的伏日；腊，冬天的腊日。
② 迎神赛会，过去的一种迷信习俗。

的豪奢影子了。福州最上流的官娼，叫作白面处，是同上海的长三一样的款式。听几位久住福州的朋友说，白面处近来门可罗雀，早已掉在没落的深渊里了；其次还勉强在维持市面的，是以卖嘴不卖身为标榜的清唱堂，无论何人，只须化三元法币，就能进去听三出戏。就是这一时号称极盛的清唱堂，现在也一家一家的废了业，只剩了田墩的三五家人家。自此以下，则完全是惨无人道的下等娼妓，与野鸡款式的无名密贩了，数目之多，求售之切，到了骇人听闻的地步。至于城内的暗娼，包月妇，零售处之类，只听见公安维持者等谈起过几次，报纸上见到过许多回，内容虽则无从调查，但演绎起来，旁证以社会的萧条，产业的不振，国步的艰难，与夫人口的过剩，总也不难举一反三，晓得她们的大概。

　　总之，福州的饮食男女，虽比别处稍觉得奢侈，而福州的社会状态，比别处也并不见得十分的堕落。说到两性的纵弛，人欲的横流，则与风土气候有关，次热带的境内，自然要比温带寒带为剧烈。而食品的丰富，女子一般姣美与健康，却是我们不曾到过福建的人所意想不到的发见。

一九三六年六月二日

苏州烟雨记

一

悠悠的碧落，一天一天的高远起来。清凉的早晚，觉得天寒袖薄，要缝件夹衣，更换单衫。楼头思妇，见了鹅黄的柳色，牵情望远，在绸衾的梦里，每欲奔赴玉门关外去。当这时候，我们若走出户外天空下去，老觉得好象有一件什么重大的物事，被我们忘了似的。可不是么？三伏的暑热，被我们忘掉了哟！

在都市的沉浊的空气中栖息的裸虫！在利欲的争场上吸血的战士！年年岁岁，不知四季的变迁，同鼹鼠似的埋伏在软红尘里的男男女女！你们想发见你们的灵性不想？你们有没有向上更新的念头？你们若欲上空旷的地方，去呼一口自由的空气，一则可以醒醒你们醉生梦死的头脑，二则可以看看那些就快凋谢的青枝绿叶，豫藏一个来春再见之机，那么请你们跟了我来，Und ich,

ich Schnuere Den Sack and wandere,① 我要去寻访伍子胥吹箫吃食之乡，展拜秦始皇求剑凿穿之墓，并想看看那有名的姑苏台苑哩！

"象以齿毙，膏用明煎"，为人切不可有所专好，因为一有了嗜癖，就不得不为所累。我闲居沪上，半年来既无职业，也无忙事，本来只须有几个买路钱，便是天南地北，也可以悠然独往的，然而实际上却是不然。因为自去年同几个同趣味的朋友，弄了几种我们所爱的文艺刊物出来之后，愚蠢的我们，就不得不天天服海儿克儿斯（Hercules）② 的苦役了，所以九月三日的早晨，决定和友人沈君，乘车上苏州去的时候，我还因有一篇文字没有交出之故，心里只在怦怦的跳动。

那一天（九月三日）也算是一天清秋的好天气。天上虽没有太阳，然而几块淡青的空处，和西洋女子的碧眼一般，在白云浮荡的中间，常在向我们地上的可怜虫密送秋波。不是雨天，不是晴日，若硬要把这一天的天气分出类来，我不管气象台的先生们笑我不笑我，姑且把它叫风云飞舞，阴晴交让的初秋的一日吧。

这一天的早晨，同乡的沈君，跑上我的寓所来说：

"今天我要上苏州去。"

我从我的屋顶下的房里，看看窗外的天空，听听市上的杂噪，忽而也起了一种怀慕远处之情（Sehusucht nach der Ferne）。九点四十分的时候，我和沈君就摇来摇去的站在三等车中，被机关车搬向苏州去了。

"仙侣同舟！"古人每当行旅的时候，老在心中窃望着这一种

---

① 德文，译为：至于我，我背上背包就漫游去了。

② 海儿克儿斯，希腊神话中最伟大的英雄，宙斯之子，力大无穷，神勇无敌。

艳福。我想人既是动物，无论男女，欲念总不能除，而我既是男人，女人当然是爱的。这一回我和沈君匆促上车，初不料的车上的人是那样拥挤的，后来从后面走上了前面，忽在人丛中听出了一种清脆的笑声来。"明眸皓齿的你们这几位女青年，你们可是上苏州去的么？"我见了她们的那一种活泼的样子，真想开口问她们一声，但是三千年的道德观，和见人就生恐惧的我的自卑狂，只使我红了脸，默默的站在她们身边，不过暗暗的闻吸闻吸从她们发上身上口中蒸发出来的香气罢了。我把她们偷看了几眼，心里又长叹了一声：

"啊啊！容颜要美，年纪要轻，更要有钱！"

二

我们同车的几个"仙侣"，好象是什么女学校的学生。她们的活泼的样子——使恶魔讲起来就是轻佻——丰肥的肉体——使恶魔讲起来就是多淫——和烂熟的青春，都是神仙应有的条件，但是只有一件，只有一件事情，使我无论如何也不能把她们当作神仙的眷属看。非但如此，为这一件事情的原故，我简直不能把她们当作我的同胞看。这是什么呢，这便是她们故意想出风头而用的英文的谈话。假使我是不懂英文的人，那末从她们的绯红的嘴唇里滚出来的叽哩咕噜，正可以当作天女的灵言听了，倒能够对她们更加一层敬意。假使我是崇拜英文的人，那末听了她们的话，也可以感得几分亲热。但是我偏偏是一个程度与她们相仿的半通英文而又轻视英文的人，所以我的对她们的热意，被她们的谈话一吹几乎吹得冰冷了。世界上的人类，抱着功利主义，受利欲的催眠最深的，我想没有过于英美民族的了。但我们的这几位女同胞，不用《西厢》、《牡丹亭》上的说白来表现她们的思想，不把《红楼梦》上言文一致的文字来代替她们的说话，偏偏要选了商人用的这一种有金钱臭味的英语来卖弄风情，是多么杀风景的事情啊！你们即使要用外国文，也应选择那神韵悠扬的法国语，或者更适当一点的就该用半清半俗，薄爱民语（La langue des Bohemiens），① 何以要用这卑俗英语呢？啊啊，当现在崇拜黄金的世界，也无怪某某女学等卒业出来的学生，不愿为正当的中国人的糟糠之室，而愿意自荐枕席于那些犹太种的英美的下流商人的。我的朋友有一次说，"我们中国亡了，倒没有什么可惜，我们中国的女性亡了，却是很可惜的。现在在洋场上作寓公的有钱有势的中国的人物，尤其是外交商界政界的人物，他们的妻女，差不多没有一个不失身于外国的下流流氓的，你看这事伤心不伤心哩！"我是两性问题上的一个国粹保存主义者，最不忍见我国的娇美的女同胞，被那些外国流氓去足践。我的在外国留学时代的游荡，也是本于这主义的一种复仇的心思。我现在若有黄金千万，还想去买些白奴来，供我们中国的黄包车夫苦力小工享乐啦！

唉唉！风吹水绉，干侬底事，她们在那里贱卖血肉，于我何尤。我且探头出去看车窗外的茂茂的原田，青青的草地，和清溪茅舍，丛林旷地吧！

"啊啊，那一道隐隐的飞帆，这大约是苏州河吧！"

我看了那一条深碧的长河，长河彼岸的粘天的短树，和河内的帆船，就叫着问我的同行者沈君，他还没有回答我之先，立在

---

① 薄爱民语，今译波希米亚语。波希米亚（Bohemia），是捷克斯洛伐克西部的旧区，故波希米亚语即捷克语。

我背后的一位老先生却回答说：

"是的，那是苏州河，你看隐约的中间，不是有一条长堤看得见么！没有这一条堤，风势很大，是不便行舟的。"

我注目一看，果真在河中看出了一条隐约的长堤来。这时候，在东面车窗下坐着的旅客，都纷纷站起来望向窗外去。我把头朝转来一望，也看见了一个汪洋的湖面，起了无数的清波，在那里汹涌。天上黑云遮满了，所以湖面也只似用淡墨涂成的样子。湖的东岸，也有一排矮树，同凸出的雕刻似的，以阴沉灰黑的天空作了背景，在那里作苦闷之状。我不晓是什么理由，硬想把这一排沿湖的列树，断定是白杨之林。

三

车过了阳澄湖，同车的旅客，大家不向车的左右看而注意到车的前面去，我知道苏州就不远了。等苏州城内的一枝尖塔看得出来的时候，几位女学生，也停住了她们的黄金色的英语，说了几句中国话。

"苏州到了！"

"可惜我们不能下去！"

"But we will come in the winter."①

她们操的并不是柔媚的苏州音，大约是南京的学生吧？也许是上北京去的，但是我知道了她们不能同我一道下车，心里却起了一种微微的失望。

"女学生诸君，愿你们自重，愿你们能得着几位金龟佳婿，

----

① 英语，译为：但我们在冬天还能来。

我要下车去了。"

心里这样的讲了几句，我等着车停之后，就顺着了下车的人流，也被他们推来推去的推下了车。

出了车站，马路上站了一忽，我只觉得许多穿长衫的人，路的两旁停着的黄包车，马车，车夫和驴马，都在灰色的空气里混战。跑来跑去的人的叫唤，一个钱两个钱的争执，萧条的道旁的杨柳，黄黄的马路，和在远处看得出来的一道长而且矮的土墙，便是我下车在苏州得着的最初的印象。

湿云低垂下来了。在上海动身时候看得见的几块青淡的天空也被灰色的层云埋没煞了。我仰起头来向天空一望，脸上早接受了两三点冰冷的雨点。

"危险危险，今天的一场冒险，怕要失败。"

我对在旁边站着的沈君这样讲了一句，就急忙招了几个马车夫来问他们的价钱。

我的脚踏苏州的土地，这原是第一次。沈君虽已来过一二回，但是那还是前清太平时节的故事，他的记忆也很模糊了。并且我这一回来，本来是随人热闹，偶尔发作的一种变态旅行，既无作用，又无目的的，所以马夫问我"上哪里去？"的时候，我想了半天，只回答了一句"到苏州去！"究竟沈君是深于世故的人，看了我的不知所措的样子，就不慌不忙的问马车夫说：

"到府门去多少钱？"

好象是老熟的样子。马车夫倒也很公平，第一声只要了三块大洋。我们说太贵，他们就马上让了一块，我们又说太贵，他们又让了五角。我们又试了试说太贵，他们却不让了，所以就在一乘开口马车里坐了进去。

起初看不见的微雨，愈下愈大了，我和沈君坐在马车里，尽在野外的一条马路上横斜的前进。青色的草原，疏淡的树林，蜿蜒的城墙，浅浅的城河，变成这样，变成那样的在我们面前交换。醒人的凉风，休休的吹上我的微热的面上，和嗒嗒的马蹄声，在那里合奏交响乐。我一时忘记了秋雨，忘记了在上海剩下的未了的工作，并且忘记了半年来失业困穷的我，心里只想在马车上作独脚的跳舞，嘴里就不知不觉的念出了几句独脚跳舞的歌来：

秋在何处，秋在何处？

在蟋蟀的床边，在怨妇楼头的砧杵，

你若要寻秋，你只须去落寞的荒郊行旅，

刺骨的凉风，吹消残暑，

漫漫的田野，刚结成禾黍，

一番雨过，野路牛迹里贮着些儿浅渚，

悠悠的碧落，反映在这浅渚里容与，

月光下，树林里，萧萧落叶的声音，便是秋的私语。

我把这几句词不象词，新诗不象新诗的东西唱了一回，又向四边看了一回，只见左右都是荒郊，前面只是一条没有尽头的长路，所以心里就害怕起来，怕马夫要把我们两个人搬到杳无人迹的地方去杀害，探头出去，大声的喝了一声：

"喂！你把我们拖上什么地方去？"

那狡猾的马夫，突然吃了一惊，噗的从那坐凳上跌下来，他的马一时也惊跳了一阵，幸而他虽跌倒在地下，他的马缰绳，还牢捏着不放，所以马没有跳跑。他一边爬起来，一边对我们说：

"先生！老实说，府门是送不到的，我只能送你们上洋关过去的密度桥上。从密度桥到府门，只有几步路。"

他说的是没有丈夫气的苏州话，我被他这几句柔软的话声一说，心已早放下了，并且看看他那五十来岁的面貌，也不象杀人犯的样子，所以点了一点头，就由他去了。

马车到了密度桥，我们就在微雨里走了下来，上沈君的友人寄寓在那里的莳门内的严衙前去。

四

进了封建时代的古城，经过了几条狭小的街巷，更越过了许多环桥，才寻到了沈君的友人施君的寓所。进了莳门以后，在那些清冷的街上，所得着的印象，我怎么也形容不出来，上海的市场，若说是二十世纪的市场，那末这苏州的一隅，只可以说是十八世纪的古都了。上海的杂乱的情形，若说是一个 Busy Port，① 那么苏州只可以说是一个 Sleepy town 了。② 总之阊门外的繁华，我未曾见到，专就我于这莳门里一隅的状况看来，我觉得苏州城，竟还是一个浪漫的古都，街上的石块，和人家的建筑，处处的环桥河水和狭小的街衢，没有一件不在那里夸示过去的中国民族的悠悠的态度。这一种美，若硬要用近代语来表现的时候，我想没有比"颓废美"的三字更适当的了。况且那时候天上又飞满了灰黑的湿云，秋雨又在微微的落下。

施君幸而还没有出去，我们一到他住的地方，他就迎了出来。沈君为我们介绍的时候，施君就慢慢的说：

---

① Busy Port，英语，繁忙的海港。
② Sleepy town，英语，沉睡的城镇或寂静的城镇。

"原来就是郁君么？难得难得，你做的那篇……我已经拜读了，失意人谁能不同声一哭！"

原来施君是我们的同乡，我被他说得有些羞愧了，想把话头转一个方向，所以就问他说：

"施君，你没有事么？我们一同去吃饭吧。"

实际上我那时候，肚里也觉得非常饥饿了。

严衙前附近，都是钟鸣鼎食之家，所以找不出一家菜馆来。没有方法，我们只好进一家名锦帆榭的茶馆，托茶博士去为我们弄些酒菜来吃。因为那时候微雨未止，我们的肚里却响得厉害，想想饿着肚在微雨里奔跑，也不值得，所以就进了那家茶馆——一则也因为这家茶馆的名字不俗——打算坐它一二个钟头，再作第二步计划。

古语说得好，"有志者事竟成！"我们在锦帆榭的清淡的中厅桌上，喝喝酒，说说闲话，一天微雨，竟被我们的意志力，催阻住了。

初到一个名胜的地方，谁也同小孩子一样，不愿意悠悠的坐着的，我一见雨止，就促施君沈君，一同出了茶馆，打算上各处去逛去。从清冷修整狭小的卧龙街一直跑将下去，拐了一个弯，又走了几步，觉得街上的人和两旁的店，渐渐儿的多起来，繁盛起来，苏州城里最多的卖古书、旧货的店铺，一家一家的少了下去，卖近代的商品的店家，逐渐惹起我的注意来了，施君说：

"玄妙观就要到了，这就是观前街。"

到了玄妙观内，把四面的情形一看，我觉得玄妙观今日的繁华，与我空想中的境状大异。讲热闹赶不上上海午前的小菜场，讲怪异远不及上海城内的城隍庙，走尽了玄妙观的前后，在我脑里深深印入的印象，只有二个，一个是三五个女青年在观前街的一家箫琴铺里买箫，我站到她们身边去对她们呆看了许久，她们也回了我几眼。一个是玄妙观门口的一家书馆里，有一位很年轻的学生在那里买我和我朋友共编的杂志。除这两个深刻的印象外，我只觉得玄妙观里的许多茶馆，是苏州人的风雅的趣味的表现。

早晨一早起来，就跑上茶馆去。在那里有天天遇见的熟脸。对于这些熟脸，有妻子的人，觉得比妻子还亲而不狎，没有妻子的人，当然可把茶馆当作家庭，把这些同类当作兄弟了。大热的时候，坐在茶馆里，身上发出来的一阵阵的汗水，可以以口中咽下去的一口口的茶去填补。茶馆内虽则不通空气，但也没有火热的太阳，并且张三李四的家庭内幕和东洋中国的国际闲谈，都可以消去逼人的盛暑。天冷的时候，坐在茶馆里，第一个好处，就是现成的热茶。除茶喝多了，小便的时候要起冷痉之外，吞下几碗刚滚的热茶到肚里，一时却能消渴消寒。贫苦一点的人，更可以藉此熬饥。若茶馆主人开通一点，请几位奇形怪状的说书者来说书，风雅的茶客的兴趣，当然更要增加。有几家茶馆里有几个茶客，听说从十几岁的时候坐起，坐到五六十岁死时候止，坐的老是同一个座位，天天上茶馆来一分也不迟，一分也不早，老是在同一个时间。非但如此，有几个人，他自家死的时候，还要把这一个座位写在遗嘱里，要他的儿子天天去坐他那一个遗座。近来百货店的组织法应用到茶业上，茶馆的前头，除香气烹人的"火烧""锅贴""包子""烤山芋"之外，并且有酒有菜，足可使茶馆一天不出外而不感得什么缺憾。象上海的青莲阁，非但饮食俱全，并且人肉也在贱卖，中国的这样文明的茶馆，我想该是二十世纪的世界之光了。所以盲目的外国人，你们若要来调查中国的事情，你们只须上茶馆去调查就是，你们要想来管理中国，也须先去征得各茶馆里的茶客的同意，因为中国的国会所代表的，是中国人的劣根性无耻与贪婪，这些茶客所代表的倒是真真的民意哩！

五

出了玄妙观，我们又走了许多路，去逛遂园，遂园在苏州，同我在上海一样，有许多人还不晓得它的存在。从很狭很小的一个坍败的门口，曲曲折折走尽了几条小弄，我们才到了遂园的中心。苏州的建筑，以我这半日的经验讲来，进门的地方，都是狭窄芜废，走过几条曲巷，才有轩敞华丽的屋宇。我不知这一种方式，还是法国大革命前的民家一样，为避税而想出来的呢？还是为唤醒观者的观听起见，有修辞学上的欲扬先抑的笔法，使能得着一个对称的效力而想出来的？

遂园是一个中国式的庭园，有假山有池水有亭阁，有小桥也有几枝树木。不过各处的坍败的形迹和水上开残的荷花荷叶，同暗澹的天气合作一起，使我感到了一种秋意，使我看出了中国的将来和我自家的凋零的结果。啊！遂园呀遂园，我爱你这一种颓唐的情调！

在荷花池上的一个亭子里，喝了一碗茶，走出来的时候，我们在正厅上却遇着了许多穿轻绸绣缎的绅士淑女，静静的坐在那里喝茶咬瓜子，等说书者的到来。我在前面说过的中国人的悠悠的态度，和中国的亡国的悲壮美，在此地也能看得出来。啊啊，可怜我为人在客，否则我也挨到那些皮肤嫩白的太太小姐们的边上去静坐了。

出了遂园，我们因为时间不早，就劝施君回寓。我与沈君在狭长的街上飘流了一会，就决定到虎丘去。

（此稿作者因病中止）

感伤的行旅

一

犹太人的漂泊，听说是上帝制定的惩罚。中欧一带的"寄泊栖"①的游行，仿佛是这一种印度支族浪漫尼②的天性。大约是这两种意味都完备在我身上的缘故吧，在一处沉滞得久了，只想把包裹雨伞背起，到绝无人迹的地方去吐一口郁气。更况且节季又是霜叶红时的秋晚，天色又是同碧海似的天天晴朗的青天，我为什么不走？我为什么不走呢？

可是说话容易，实践艰难，入秋以后，想走想走的心愿，却起了好久了，而天时人事，到了临行的时节，总有许多阻障出来。八个瓶儿七个盖，凑来凑去凑不周全的，尤其是几个买舟借宿的金钱。我不会吹箫，我当然不能乞食，况且此去，也许在吴

---

① 寄泊栖（gipsy），今译吉卜赛。它是以过游荡生活为特点的一个民族，擅长歌舞。
② 浪漫尼，英语 Romany 或 Rommany（吉卜赛人）的音译。

头，也许向楚尾，也许在中途被捉，被投交有砂米饭吃有红衣服着的笼中，所以踏上火车之先，我总想多带一点财物在身边，免得为人家看出，看出我是一个无产无职的游民。

旅行之始，还是先到上海，向各处去交涉了半天。等到几个版税拿到在手里，向大街上买就了些旅行杂品的时候，我的灵魂已经飞到了空中，"Over the hills and far away!"① 坐在黄包车上的身体，好象在腾云驾雾，扶摇上九万里外去了。头一晚，就在上海的大旅馆里借了一宵宿。

是月暗星繁的秋夜，高楼上看出去，能够看见的，只是些黄苍颓荡的电灯光。当然空中还有许多同蜂衙里出了火似的同胞的杂噪声，和许多有钱的人在大街上驶过的汽车声溶合在一处，在合奏着大都会之夜的"新魔丰腻"②，但最触动我这感伤的行旅者的哀思的，却是在同一家旅舍之内，从前后左右的宏壮的房间里发出来的娇艳的肉声，及伴奏着的悲凉的弦索之音。屋顶上飞下来的一阵两阵的比西班牙舞乐里的皮鼓铜琶更野噪的锣鼓响乐，也未始不足以打断我这愁人秋夜的客中孤独，可是同败落头人家的喜事一样，这一种绝望的喧阗，这一种勉强的干兴，终觉得是肺病患者的脸上的红潮，静听起来，仿佛是有四万万的受难的人民，在这野声里啜泣似的，"如此烽烟如此（乐），老夫怀抱若为开"呢？

不得已就只好在灯下拿出一本德国人的游记来躺在床沿上胡乱地翻读……

---

① 英语，译为：翻山越岭去更远的地方。
② 新魔丰腻，英语 symphony 的音译，译为交响乐或交响曲。

一七七六，九月四日，来干思堡①，侵晨。

早晨三点，我轻轻地偷逃出了卡儿斯罢特②，因为否则他们怕将不让我走。那一群将很亲热地为我做八月廿八的生日的朋友们，原也有扣留住我的权利；可是此地却不可再事淹留下去了。……

这样地跟这一位美貌多才的主人公看山看水，一直的到了月下行车，将从勃伦纳到物洛那（Vom Brenner bis Verona）的时候，我也就在悲凉的弦索声，杂噪的锣鼓声，和怕人的汽车声中昏沉睡着了。

不知是在什么地方，我自身却立在黑沉沉的天盖下俯看海水，立脚处仿佛是危岩巉兀的一座石山。我的左壁，就是一块身比人高的直立在那里的大石。忽而海潮一涨，只见黑黝黝的涡旋，在灰黄的海水里鼓荡，潮头渐长渐高，逼到脚下来了，我苦闷了一阵，却也终于无路可逃，带粘性的潮水，就毫无踌躇地浸上了我的两脚，浸上了我的腿部，腰部，终至于将及胸部而停止了。一霎时水又下退，我的左右又变了石山的陆地，而我身上的一件青袍，却为水浸湿了。在惊怖和懊恼的中间，梦神离去了我，手支着枕头，举起上半身来看看外边的样子，似乎那些毫无目的，毫无意识，只在大街上闲逛、瞎挤、乱骂、高叫的同胞们都已归笼去了，马路上只剩了几声清淡的汽车警笛之声，前后左右的娇艳的肉声和弦索声也减少了，幽幽寂寂，仿佛从极远处传来似的，只有间隔得很远的竹背牙牌互击的操搭的声音，大约夜

① 来干思堡，译为雷根斯堡（Regensburg）。
② 卡儿斯罢特，译为卡尔斯巴德（Karlsbad）。

也阑了，大家的游兴也倦了吧，这时候我的肚里却也咕噜噜感到了一点饥饿。

披上棉袍，向里间浴室的磁盆里放了一盆热水，漱了一漱口，擦了一把脸，再回到床前安乐椅上坐下，呆看住电灯擦起火柴来吸烟的时候，我不知怎么的斗然间却感到了一种异样的孤独。这也许是大都会中的深夜的悲哀，这也许是中年易动的人生的感觉，但无论如何，我觉得这样的再在旅舍里枯坐是耐不住的了，所以就立起身来，开门出去，想去找一家长夜开炉的菜馆，去试一回小吃。

开门出去，在静寂粉白和病院里的廊子一样的长巷中走了一段，将要从右角转入另一条长廊去的时候，在角上的那间房里，忽而走出了一位二十左右，面色洁白妖艳，一头黑发松长披在肩上，全身象裸着似的只罩着一件金黄长毛丝绒的 negligee① 的妇人来。这一回的出其不意地在这一个深夜的时间里忽儿和我这样的一个潦倒的中年男子的相遇，大约也使她感到了一种惊异，她起始只张大了两只黑晶晶的大眼，怀疑惊问似的对我看了一眼，继而脸上涨起了红霞。似羞缩地将头俯伏了下去，终于大着胆子向我的身边走过，走到另一间房间里去了。我一个人发了一脸微笑，走转了弯，轻轻地在走向升降机去的中间，耳朵里还听见了一声她关闭房门的声音，眼睛里还保留着她那丰白的圆肩的曲线，和从宽散的她的寝衣中透露出来的胸前的那块倒三角形的雪嫩的白肌肤。

司升降机的工人和在廊子的一角呆坐着的几位茶役，都也睡态朦胧了，但我从高处的六层楼下来，一到了底下出大门去的那

① Negligee，英语，译为妇女的长睡衣。

条路上，却不料竟会遇见这许多暗夜之子在谈笑取乐的。他们的中间，有的是跟妓女来的龟头鸨母，有的是司汽车的机器工人，有的是身上还披着绒毯的住宅包车夫，有的大约是专等到了这一个时候，夹入到这些人的中间来骗取一枝两枝香烟，谈谈笑笑藉此过夜的闲人吧！这一个大门道上的小社会里，这时候似乎还正在热闹的黄昏时候一样，而等我走出大门，向东边角上的一家茶馆里坐定，朝壁上的挂钟细细看了一眼时，却已经是午夜的三点钟前了。

吃取了一点酒菜回来，在路上向天空注看了许多回。西边天上，正挂着一钩同镰刀似的下弦残月，东北南三面，从高屋顶的电火中间窥探出去，也还见得到一颗两颗的黯淡的秋星，大约明朝不会下雨这一件事情总可以决定的了。我长啸了一声，心里却感到了一点满足，想这一次的出发也还算不坏，就再从升降机上来，回房脱去了袍袄，沉酣地睡着了四五个钟头。

二

几个钟头的酣睡，已把我长年不离身心的疲倦医好了一半了，况且赶到车站的时候，正还是上行特别快车将发未动的九点之前，买了车票，挤入了车座，浩浩荡荡，火车头在晨风朝日之中，将我的身体搬向北去的中间，老是自伤命薄，对人对世总觉得不满的我这时代落伍者，倒也感到了一心的快乐。"旅行果然是好的"，我斜倚着车窗，目视着两旁的躺息在太阳和风里的大地，心里却在这样的想："旅行果然是不错，以后就决定在船窗马背里过它半生生活吧！"

江南的风景，处处可爱，江南的人事，事事堪哀，你看，在这一个秋尽冬来的寒月里，四边的草木，岂不还是青葱红润的么？运河小港里，岂不依旧是白帆如织满在行驶的么？还有小小的水车亭子，疏疏的槐柳树林。平桥瓦屋，只在大空里吐和平之气，一堆一堆的干草堆儿，是老百姓在这过去的几个月中间力耕苦作之后的黄金成绩，而车辚辚，马萧萧，这十余年中间，军阀对他们的征收剥夺，掳掠奸淫，从头细算起来，哪里还算得明白？江南原说是鱼米之乡，但可怜的老百姓们，也一并的作了那些武装同志们的鱼米了。逝者如斯，将来者且更不堪设想，你们且看看政府中什么局长什么局长的任命，一般物价的同潮也似的怒升，和印花税地税杂税等名目的增设等，就也可以知其大概了。啊啊，圣明天子的朝廷大事，你这贱民哪有左右容喙的权利，你这无智的牛马，你还是守着古圣昔贤的大训，明哲以保其身，且细赏赏这车窗外面的迷人秋景吧！人家瓦上的浓霜去管它作甚？

车窗外的秋色，已经到了烂熟将残的时候了。而将这秋色秋风的颓废末级，最明显地表现出来的，要算浅水滩头的芦花丛薮，和沿流在摇映着的柳色的鹅黄。当然杞树，枫树，柏树的红叶，也一律的在透露残秋的消息，可是绿叶层中的红霞一抹，即在春天的二月，只教你向树林里去栽几株一丈红花，也就可以酿成此景的。至于西方莲的殷红，则不问是寒冬或是炎夏，只教你培养得宜，那就随时随地都可以将其他树叶的碧色去衬它的朱红，所以我说，表现这大江南岸的残秋的颜色，不是枫林的红艳和残叶的青葱，却是芦花的丰白与岸柳的髡黄。

秋的颜色，也管不得许多，我也不想来品评红白，裁答一重公案，总之对这些大自然的四时烟景，毫末也不曾留意的我们那火车机头，现在却早已冲过了长桥几架，钞过了洋澄湖岸的一角，一程一程的在逼近姑苏台下去了。

苏州本来是我依旧游之地，"一帆冷雨过娄门"的情趣，闲雅的古人，似乎都在称道。不过细雨骑驴，延着了七里山塘，缓缓的去奠拜真娘之墓的那种逸致，实在也尽值得我们的怀忆的。还有日斜的午后，或者上小吴轩去泡一碗清茶，凭栏细数数城里人家的烟灶，或者在冷红阁上，开开它朝西一带的明窗，静静儿的守着夕阳的腕晚西沉，也是尘俗都消的一种游法。我的此来，本来是无遮无碍的放浪的闲行，依理是应该在吴门下榻，离沪的第一晚是应该去听听寒山寺里的夜半清钟的，可是重阳过后，这近边又有了几次农工暴动的风声，军警们提心吊胆，日日在搜查旅客，骚拢居民，象这样的暴风雨将到未来的恐怖期间，我也不想再去多劳一次军警先生的驾了，所以车停的片刻时候，我只在车里跑上先跑落后的看了一回虎丘的山色，想看看这本来是不高不厚的地皮，究竟有没有被那些要人们刮尽。但是还好，那一堆小小的土山，依旧还在那里点缀苏州的景致。不过塔影萧条，似乎新来瘦了，这不会病酒，它不会悲秋，这影瘦的原因，大约总是因为日脚行到了天中的缘故吧。拿出表来一看，果然已经是十一点多钟，将近中午的时刻了。

火车离去苏州之后，路线的两边，耸出了几条绀碧的山峰来。在平淡的上海住惯的人，或者本来是从山水中间出来，但为生活所迫，就不得不在看不见山看不见水的上海久住的人们，大约到此总不免要生出异样的感觉来的吧，同车的有几位从上海来的旅客，一样的因看见了那西南一带的连山而在作点头的微笑。啊啊，人类本来就是大自然的一部分细胞，只教天性不灭，决没有一个会对了这自然的和平清景而不想赞美的，所以那些卑污贪暴的军阀委员要人们，大约总已经把人性灭尽了的缘故吧，他们只知道要打仗，他们只知道要杀人，他们只知道如何的去敛钱争势夺权利用，他们只知道如何的来破坏农工大众的这一个自然给与我们的伊甸园。啊呀，不对，本来是在说看山的，多嘴的小子，却又破口牵涉起大人先生们的狼心狗计来了，不说吧，还是不说吧，将近十二点了，我还是去炒盘芥莉鸡丁弄瓶"苦配"啤酒来浇浇块垒的好。

三

正吞完最后的一杯苦酒的时候，火车过了一个小站，听说是无锡就在眼前了。

天下第二泉水的甘味，倒也没有什么可以使人留恋的地方。但震泽湖边的芦花秋草，当这一个肃杀的年时，在理想上当然是可以引人入胜的，因为七十二山峰的峰下，处处应该有低浅的水滩，三万六千顷的周匝，少算算也应该有千余顷的浅渚，以这一个统计来计算太湖湖上的芦花，那起码要比扬子江河身的沙渚上的芦田多些。我是曾在太平府以上九江以下的扬子江头看过伟大的芦花秋景的，所以这一回很想上太湖去试试运气看，看我这一次的臆测究竟有没有和事实相合的地方。这样的决定在无锡下车之后，倒觉得前面相去只几里地的路程特别的长了起来，特别快车的速度也似乎特别慢起来了。

无锡究竟是出大政客的实业中心地，火车一停，下来的人竟占了全车的十分之三四。我因为行李无多，所以一时对那些争夺人体的黄包车夫们都失了敬，一个人踏出站来，在荒地上立了一会，看了一出猴子戴面具的把戏，想等大伙的行客散了，再去叫黄包车直上太湖边去。这一个战略，本是我在旅行的时候常用常效的方法，因为车刚到站，黄包车价总要比平时贵涨几倍，等大家散尽，车夫看看不得不等第二班车了，那他的价钱就会低让一点，可以让到比平时只贵两成三成的地步。况且从车站到湖滨，随便走哪一条路，总要走半个钟头才能走到，你若急切的去叫车，那客气一点的车夫，会索价一块大洋，不客气的或者竟会说两块三块都不定的。所以夹在无锡的市民中间，上车站前头的那块荒地上去看一出猴犬两明星合演的拿手好戏，也是一件有意义的事情，因为我在看把戏的中间就在摆布对车夫的战略了。殊不知这一次的作战，我却大大的失败了。

原来上行特别快车到站是正午十二点的光景，这一班车过后，则下行特快的到来要在下午的一点半过，车夫若送我到湖边去呢，那下半日的他的买卖就没有了，要不是有特别的好处，大家是不愿意去的。况且时刻又来得不好，正是大家要去吃饭缴车的时候，所以等我从人丛中挤攒出来，想再回到车站前头去叫车的当儿，空洞的卵石马路上，只剩了些太阳的影子，黄包车夫却一个也看不见了。

没有办法，只好唱着"背转身，只埋怨，自己做差"而慢慢的踱过桥去，在无锡饭店的门口，反出了一个更贵的价目，才叫着了一乘黄包车拖我到了迎龙桥下。从迎龙桥起，前面是宽广的汽车道了，两公司的驶往梅园的公共汽车，隔十分就有一乘开行，并且就是不坐汽车，从迎龙桥起再坐小照会的黄包车去，也是十分舒适的。到了此地，又是我的世界了，而实际上从此地起，不但有各种便利的车子可乘，就是叫一只湖船，叫它直摇出去，到太湖边上去摇它一晚，也是极容易办到的事情，所以在一家新的公共汽车行的候车的长凳上坐下的时候，我心里觉得是已经到了太湖边上的样子。

开原乡一带，实在是住家避世的最好的地方。九龙山脉，横亘在北边，锡山一塔，障得住东来的烟灰煤气，西南望去，不是龙山山脉的蜿蜒的余波，便是太湖湖面的镜光的返照。到处有桑麻的肥地，到处有起屋的良材，耕地的整齐，道路的修广，和一种和平气象的横溢，是在江浙各农区中所找不出第二个来的好地。可惜我没有去做官，可惜我不曾积下些钱来，否则我将不买阳羡之田，而来这开原乡里置它的三十顷地。营五亩之居，筑一亩之室。竹篱之内，树之以桑，树之以麻，养些鸡豚羊犬，好供岁时伏腊置酒高会之资；酒醉饭饱，在屋前的太阳光中一躺，更可以叫稚子开一开留声机器，听听克拉衣斯勒的提琴的慢调或卡儿骚的高亢的悲歌。若喜欢看点新书，那火车一搭，只教有半日工夫，就可以到上海的璧恒、别发，去买些最近出版的优美的书来。这一点卑卑的愿望，啊啊，这一点在大人先生的眼里看起来，简直是等于矮子的一个小脚指头般大的奢望，我究竟要在何年何月，才享受得到呢？罢罢，这样的在公共汽车里坐着，这样的看看两岸的疾驰过去的桑田，这样的注视注视龙山的秋景，这样的吸收吸收不用钱买的日色湖光，也就可以了，很可以了，我还是不要作那样的妄想，且念首清诗，聊作个过屠门的大嚼①吧！

> Mine be a cot beside the hill,
>
> A bee-hive's hum shall soothe my ear;
>
> A willowy brook that turns a mill,
>
> With many a fall shall-linger near.

---

① 过屠门的大嚼，曹值的《与吴质书》："过屠门而大嚼，虽不得肉，贵且快意。"屠门，肉铺，宰牲畜的地方。

The swal'ow, oft, beneath my thatch,

Shall twitter from her clay-built nest;

Oft shall the pilgrim lift the latch,

And share my meal, a welcome guest.

Around my ivied porch shall spring,

Each fragrant flower that drinks the dew;

And Lucy, at her wheel, shall sing,

In russet-gown and apron blue.

The village-church among the trees,

Where first our marriage-vows were given,

With merry peals shall swell the breeze,

And point with taper spire to Heaven. ①

这样的在车窗口同诗里的蜜蜂似的哼着念着，我们的那乘公共汽车，已经驶过了张巷荣巷，驶过了一支小山的腰岭，到了梅园的门口了。

---

① 这是诗人萨姆·罗杰斯写的《愿望》一诗。译为：希望在山边有一间茅屋，蜜蜂在我耳畔嗡鸣；柳荫小溪和磨坊，还有无数瀑布飞溅在我脚下。燕子常在茅屋下飞翔，筑巢时呢喃不休；不时有朝圣者轻叩房门，嘉宾共享晚餐。常春藤缠绕在门廊，带有露水的鲜花更加芬芳；露西啊，轻歌漫吟在纺车旁，穿着黄黄的衣袍青色的裙装。教堂掩映在丛林中，当年结婚时在此誓心声；愉悦的钟鸣随风飘荡，随了塔尖指向云天。

四

梅园是无锡的大实业家荣氏的私园，系筑在去太湖不远的一支小山上的别业，我的在公共汽车里想起的那个愿望，他早已大规模地为我实现造好在这里了；所不同者，我所想的是一间小小的茅篷，而他的却是红砖的高大的洋房，我是要缓步以当车，徒步在那些桑麻的野道上闲走的，而他却因为时间是黄金就非坐汽车来往不可的这些违异。然而人同此心，心同此理，看将起来，有钱的人的心理，原也同我们这些无钱无业的闲人的心理是一样的。我在此地要感谢荣氏的竟能把我的空想去实现而造成这一个梅园，我更要感谢他既造成之后而能把它开放，并且非但把它开放，而又能在梅园里割出一席地来租给人家，去开设一个接待来游者的公共膳宿之场。因为这一晚我是决定在梅园里的太湖饭店内借宿的。

大约到过无锡的人总该知道，这附近的别墅的位置，除了刚才汽车通过的那支横山上的一个别庄之外，总算这梅园的位置算顶好了。这一条小小的东山，当然也是龙山西下的波脉里的一条，南去太湖，约只有小三里不足的路程，而在这梅园的高处，如招鹤坪前，太湖饭店的二楼之上，或再高处那荣氏的别墅楼头，南窗开了，眼下就见得到太湖的一角，波光容与，时时与独山、管社山的山色相掩映。至于园里的瘦梅千树，小榭数间，和曲折的路径，高而不美的假山之类，不过尽了一点点缀的余功，并不足以语园林营造的匠心之所在的。所以梅园之胜，在它的位置，在它的与太湖的接而又离，离而又接的妙处，我的不远数十里的奔波，定要上此地来借它一宿的原因，也只想利用利用这一点特点而已。

在太湖饭店的二楼上把房间开好，喝了几杯既甜且苦的惠泉山酒之后，太阳已有点打斜了，但拿出表来一看，时间还只是午后的两点多钟。我的此来，原想看一看一位朋友所写过的太湖的落日，原想看看那落日与芦花相映的风情的；若现在就赶往湖滨，那未免去得太早，后来怕要生出久候无聊的感想来。所以走出梅园，我就先叫了一乘车子，再回到惠山寺去，打算从那里再由别道绕至湖滨，好去赶上看湖边的落日。但是锡山一停，惠山一转，遇见了些无聊的俗物在惠山泉水旁的大嚼豪游，及许多武装同志们的沿路的放肆高笑，我心里就感到了一心的不快，正同被强人按住在脚下，被他强塞了些灰土尘污到肚里边去的样子，我的脾气又发起来了，我只想登到无人来得的高山之上去尽情吐泻一番，好把肚皮里的抑郁灰尘都吐吐干净。穿过了惠山的后殿，一步一登，朝着只有斜阳和衰草在弄情调戏的濯濯的空山，不晓走了多少时候，我竟走到了龙山第一峰的头茅篷外了。

目的总算达到了，惠山锡山寺里的那些俗物，都已踏踢在我的脚下，四大皆空，头上身边，只剩了一片蓝苍的天色和清淡的山岚。在此地我可以高啸，我可以俯视无锡城里的几十万为金钱名誉而在苦斗的苍生，我可以任我放开大口来骂一阵无论哪一个凡为我所疾恶者，骂之不足，还可以吐他的面，吐面不足，还可以以小便来浇上他的身头。我可以痛哭，我可以狂歌，我等爬山的急喘回复了一点之后，在那块头茅篷前的山峰头上竟一个人演了半日的狂态，直到喉咙干哑，汗水横流，太阳也倾斜到了很低很低的时候为止。

气竭力嘶，狂歌高叫的声音停后，我的两只本来是为我自己的噪聒弄得昏昏的耳里，忽而沁的钻入了一层寂静，风也无声，日也无声，天地草木都仿佛在一击之下变得死寂了。沉默，沉默，沉默，空处都只是沉默。我被这一种深山里的静寂压得怕起来了，头脑里却起了一种很可笑的后悔。"不要这世界完全被我骂得陆沉了哩？"我想，"不要山鬼之类听了我的啸声来将我接受了去，接到了他们的死灭的国里去了哩？"我又想，"我在这里踏着的不要不是龙山山头，不要是阴间的滑油山之类哩？"我再想。于是我就注意看了看四边的景物，想证一证实我这身体究竟还是仍旧活在这卑污满地的阳世呢，还是已经闯入了那个鬼也在想革命而谋做阎王的阴间。

朝东望去，远散在锡山塔后的，依旧是千万的无锡城内的民家和几个工厂的高高的烟突，不过太阳斜低了，比起午前的光景来，似乎加添了一点倦意。俯视下去，在东南的角里，桑麻的林影，还是很浓很密的，并且在那条白线似的大道上，还有行动的车类的影子在那里前进呢，那么至少至少，四周都只是死灭的这一个观念总可以打破了。我宽了一宽心，更掉头朝向了西南，太阳落下了，西南全面，只是眩目的湖光，远处银蓝蒙澳，当是湖中间的峰面的暮霭，西面各小山的面影，也都变成了紫色了。因为看见了斜阳，看见了斜阳影里的太湖，我的已经闯入了死界的念头虽则立时打消，但是日暮途穷，只一个人远处在荒山顶上的一种实感，却油然的代之而起。我就伸长了脖子拚命的查看起四面的路来，这时候我实在只想找出一条近而且坦的便道，好遵此便道而赶回家去。因为现在我所立着的，是龙山北脉在头茅篷下折向南去的一条支岭的高头，东西南三面只是岩石和泥沙，没有一条走路的。若再回至头茅篷前，重沿了来时的那条石级，再下至惠山，则无缘无故便白白的不得不多走许多的回头曲路，大丈夫是不走回头路的，我一边心里虽在这样的同小孩子似的想着，但实在我的脚力也有点虚竭了。"啊啊，要是这儿有一所庵庙的话，那我就可以不必这样的着急了。"我一边尽在看四面的地势，一边心里还在作这样的打算，"这地点多么好啊，东面可以看无锡全市，西面可以见太湖的夕阳，后面是头茅篷的高顶，前面是朝正南的开原乡一带的村落，这里比起那头茅篷来，形势不晓要好几十倍。无锡人真没有眼睛，怎么会将这一块龙山南面的平坦的山岭这样的弃置着，而不来造一所庵庙的呢？唉唉，或者他们是将这一个好地方留着，留待我来筑室幽居的吧？或者几十年后将有人来，因我今天的在此一哭而为我起一个痛哭之台，而与我那故乡的谢氏西台来对立的吧？哈哈，哈哈。不错，很不错。"未后想到了这一个夸大妄想狂者的想头之后，我的精神也抖擞起来了，于是拔起脚跟，不管它有路没有路，只是往前向那条朝南斜拖下去的山坡下乱走。结果在乱石上滑坐了几次，被荆棘钩破了一块小襟和一双线袜，跳过了几块岩石，不到三十分钟，我也居然走到了那支荒山脚下的坟堆里了。

到了平地的坟树林里来一看，西天低处太阳还没有完全落尽，走到了离坟不远的一个小村子的时候，我看了看表，已经是五点多了。村里的人家，也已经在预备晚餐，门前晒在那里的干草豆萁，都已收拾得好好，老农老妇，都在将暗未暗的天空下，在和他们的孙儿孙女游耍。我走近前去，向他们很恭敬的问了问到梅园的路径，难得他们竟有这样的热心，居然把我领到了通汽车的那条大道之上。等我雇好了一乘黄包车坐上，回头来向他们道谢的时候，我的眼角上却又扑簌簌地滚下了两粒感激的大泪来。

五

山居清寂，梅园的晚上，实在是太冷静不过。吃过了晚饭，向庭前去一走，只觉得四面都是茫茫的夜雾和每每的荒田，人家也看不出来，更何况乎灯烛辉煌的夜市。绕出园门，正想拖了两只倦脚走向南面野田里去的时候，在黄昏的灰暗里我却在门边看见了一张有几个大字写在那里的白纸。摸近前去一看，原来是中华艺大的旅行写生团的通告。在这中华艺大里，我本有一位认识的画家C君在那里当主任的，急忙走回饭店，教茶房去一请，C君果然来了。我们在灯下谈了一会，又出去在园中的高亭上站立了许多时候，这一位不趋时尚，只在自己精进自己的技艺的画家，平时总老是呐呐不愿多说话的，然而今天和我的这他乡的一遇，仿佛把他的习惯改过来了，我们谈了些以艺术作了招牌，拚命的在运动做官做委员的艺术家的行为。我们又谈到了些设了很好听的名目，而实际上只在骗取青年学子的学费的艺术教育家的心迹。我们谈到了艺术的真髓，谈到了中国的艺术的将来，谈到了革命的意义，谈到了社会上的险恶的人心，到了叹声连发，不忍再谈下去的时候，高亭外的天色也完全黑了。两人伸头出去，默默地只看了一回天上的几颗早见的明星。我们约定了下次到上海时，再去江湾访他的画室的日期，就各自在黑暗里分手走了。

大约是一天跑路跑得太多了的缘故吧，回旅馆来一睡，居然身也不翻一个，好好儿的睡着了。约莫到了残宵二三点钟的光景，槛外的不知哪一个庙里来的钟声，尽是当当当当的在那里慢击。我起初梦醒，以为附近报火的钟声，但披衣起来，到室外廊前去一看，不但火光看不出来，就是火烧场中老有的那一种叫噪的人号狗吠之声也一些儿听它不出。庭外如云如雾，静浸着一庭残月的清光。满屋沉沉，只充满着一种遥夜酣眠的呼吸。我为这钟声所诱，不知不觉，竟扣上了衣裳，步出了庭前，将我的孤零的一身，浸入了仿佛是要粘上衣来的月光海里。夜雾从太湖里蒸发起来了，附近的空中，只是白茫茫的一片。叉桠的梅树林中，望过去仿佛是有人立在那里的样子。我又慢慢的从饭店的后门，步上了那个梅园最高处的招鹤坪上。南望太湖，也辨不出什么形状来，不过只觉得那面的一块空阔的地方，仿佛是由千千万万的银丝织就似的，有月光下照的清辉，有湖波返射的银箭，还有如无却有，似薄还浓，一半透明，一半粘湿的湖雾湖烟，假如你把身子用力的朝南一跳，那这一层透明的白网，必能悠扬地牵举你起来，把你举送到王母娘娘的后宫深处去似的。这是我当初看了那湖天一角的景象的时候的感想。但当万籁无声的这一个月明的深夜，幽幽地慢慢地，被那远寺的钟声，当嗡，当嗡的接连着几回有韵律似的催告，我的知觉幻想，竟觉得渐渐地渐渐地麻木下去了，终至于什么也不想，什么也不干，两只脚柔软地跪坐了下去，眼睛也只同呆了似的盯视住了那悲哀的残月不能动了。宗教的神秘，人性的幽幻，大约是指这样的时候的这一种心理状态而说的吧，我象这样的和耶稣教会的以马内利的圣像似的，被那幽婉的钟声，不知魔伏了许多时，直到钟声停住，木鱼声发，和尚——也许是尼姑——的念经念咒的声音幽幽传到我耳边的时候，方才挺身立起，回到了那旅馆的居室里来，这时候大约去天明总也已经不远了吧？

回房不知又睡着了几个钟头，等第二次醒来的时候，前窗的帷幕缝中却漏入了几行太阳的光线来。大约时候总也已不早了，急忙起来预备了一下，吃了一点点心，我就出发到太湖湖上去。

天上虽各处飞散着云层，但晴空的缺处，看起来仍可以看得到底的，所以我知道天气总还有几日好晴。不过太阳光太猛了一点，空气里似乎有多量的水蒸汽含着，若要登高处去望远景，那象这一种天气是不行的，因为晴而下爽，你不能从厚层的空气里辨出远处的寒鸦林树来，可是只要看看湖上的风光，那象这样的晴天，也已经是尽够的了。并且昨晚上的落日没有看成，我今天却打算牺牲它一天的时日，来试试太湖里的远征，去找出些前人所未见的岛中僻景来，这是当走出园门，打杨庄的后门经过，向南走入野田，在走上太湖边上去的时候的决意。

太阳升高了，整洁的野田里已有早起的农夫在辟土了。行经过一块桑园地的时候，我且看见了两位很修媚的姑娘，头上罩着了一块白布，在用了一根竹杆，打下树上的已经黄枯了的桑叶来。听她们说这也是蚕妇的每年秋季的一种工作，因为枯叶在树上悬久了，那老树的养分不免要为枯叶吸几分去，所以打它们下来是很要紧的，并且黄叶干了，还可以拿去生火当柴烧，也是一举两得的事情。

在野田里的那条通至湖滨的泥路，上面铺着的尽是些细碎的介虫壳儿，所以阳光照射下来，有几处虽只放着明亮的白光，但有几处简直是在发虹霓似的彩色。

象这样的有朝阳晒着的野道，象这样的有林树小山围绕着的空间，况且头上又是青色的天，脚底下并且是五彩的地，饱吸着健康的空气，摆行着不急的脚步，朝南的走向太湖边去，真是多么美满的一幅清秋行乐图呀！但是风云莫测，急变就起来了，因为我走到了管社山脚，正要沿了那条山脚下新辟的步道走向太湖旁的一小湾，俗名五里湖滨的时候，在山道上朝着东面的五里湖心却有两位着武装背皮带的同志和一位穿长袍马褂的先生立在那里看湖面的扁舟。太阳光直射在他们的身上，皮带上的镀镍的金属，在放异样的闪光。我毫不留意地走近前去，而听了我的脚步声将头掉转来的他们中间的武装者的一位，突然叫了我一声，吃了一惊，我张开了大眼向他一看，原来是一位当我在某地教书的时候的从前的学生。

他在学校里的时候本来就是很会出风头的，这几年来际会风云，已经步步高升成了党国的要人了，他的名字我也曾在报上看见过几多次的，现在突然的在这一个地方被他那么的一叫，我真骇得颜面都变成了土色了。因为两三年来，流落江湖，不敢出头露面的结果，我每遇见一个熟人的时候，心里总要怦怦的惊跳。尤其是在最近被几位满含恶意的新闻记者大书了一阵我的叛党叛国的记载以后，我更是不敢向朋友亲戚那里去走动了。而今天的这一位同志，却是党国的要人，现任的中央机关里的常务委员，若论起罪来，是要从他的手中发落的，冤家路窄，这一关叫我如何的偷逃过去呢？我先发了一阵抖，立住了脚呆木了一下，既而一想，横竖逃也逃不脱了，还是大着胆子迎上去吧，于是就立定主意保持着若无其事的态度，前进了几步，和他握了握手。

"呵！怎么你也会在这里！"我很惊喜似地装着笑脸问他。

"真想不到在这里会见到先生的，近来身体怎么样？脸色很不好哩！"他也是很欢喜地问我。看了他这样态度，我的胆子放大了，于是就造了一篇很圆满的历史出来报告给他听。

我说因为身体不好，到太湖边上来养病已经有二年多了，自从去年夏天起，并且因为闲空不过，就在这里聚拢了几个小学生来在教他们的书，今天是礼拜，所以才出来走走，但吃中饭的时候却非要回去不可的，书房是在城外××桥××巷的第××号，我并且要请他上书房去坐坐，好细谈谈别后的闲天。我这大胆的谎语原也已经听见了他这一番来锡的任务之后才敢说的，因为他说他是来查勘一件重大党务的，在这太湖边上一转，午后还要上苏州去，等下次再有来无锡的机会的时候再来拜访，这是他的遁辞。

他为我介绍了那另外的两位同志，我们就一同的上了万顷堂，上了管社山，我等不到一碗清茶泡淡的时候，就设辞和他们告别了。这样的我在惊恐和疑惧里，总算访过了太湖，游尽了无锡，因为中午十二点的时候我已同逃狱囚似的伏在上行车的一角里在喝压惊的"苦配"啤酒了。这一次游无锡的回味，实在也同这啤酒的味儿差仿不多。

一九二八年十一月作者在途中记

钓台的春昼

因为近在咫尺，以为什么时候要去就可以去，我们对于本乡本土的名区胜景，反而往往没有机会去玩，或不容易下一个决心去玩的。正唯其是如此，我对于富春江上的严陵，二十年来，心里虽每在记着，但脚却从没有向这一方面走过。一九三一，岁在辛未，暮春三月，春服未成，而中央党帝，似乎又想玩一个秦始皇所玩过的把戏了，我接到了警告，就仓皇离去了寓居。先在江浙附近的穷乡里，游息了几天，偶而看见了一家扫墓的行舟，乡愁一动，就定下了归计。绕了一个大弯，赶到故乡，却正好还在清明寒食的节前。和家人等去上了几处坟，与许久不曾见过面的亲戚朋友，来往热闹了几天，一种乡居的倦怠，忽而袭上心来了，于是乎我就决心上钓台去访一访严子陵的幽居。

钓台去桐庐县城二十余里，桐庐去富阳县治九十里不足，自富阳溯江而上，坐小火轮三小时可达桐庐，再上则须坐帆船了。

我去的那一天，记得是阴晴欲雨的养花天，并且系坐晚班轮去的，船到桐庐，已经是灯火微明的黄昏时候了，不得已就只得在码头近边的一家旅馆的高楼上借了一宵宿。

桐庐县城，大约有三里路长，三千多烟灶，一二万居民，地在富春江西北岸，从前是皖浙交通的要道，现在杭江铁路一开，似乎没有一二十年前的繁华热闹了。尤其要使旅客感到萧条的，却是桐君山脚下的那一队花船的失去了踪影。说起桐君山，却是桐庐县的一个接近城市的灵山胜地，山虽不高，但因有仙，自然是灵了。以形势来论，这桐君山，也的确是可以产生出许多口音生硬、别具风韵的桐严嫂①来的生龙活脉；地处在桐溪东岸，正当桐溪和富春江合流之所，依依一水，西岸便瞰视着桐庐县市的人家烟树。南面对江，便是十里长洲；唐诗人方干②的故居，就在这十里桐洲九里花的花田深处。向西越过桐庐县城，更遥遥对着一排高低不定的青峦，这就是富春山的山子山孙了。东北面山下，是一片桑麻沃地，有一条长蛇似的官道，隐而复现，出没盘曲在桃花杨柳洋槐榆树的中间；绕过一支小岭，便是富阳县的境界，大约去程明道③的墓地程坟，总也不过一二十里地的间隔，我的去拜谒桐君④，瞻仰道观，就在那一天到桐庐的晚上，是淡云微月，正在作雨的时候。

鱼梁渡头，因为夜渡无人，渡船停在东岸的桐君山下。我从旅馆踱了出来，先在离轮埠不远的渡口停立了几分钟，后来向一位来渡口洗夜饭米的年轻少妇，弓身请问了一回，才得到了渡江的秘诀。她说："你只须高喊两三声，船自会来的。"先谢了她教我的好意，然后以两手围成了播音的喇叭，"喂，喂，渡船请摇过来！"地纵声一喊，果然在半江的黑影当中，船身摇动了。渐

① 桐严嫂，指过去在富春江的游艇花船上给游客唱曲、陪酒及侍寝的妇女。

② 方干，字雄飞，晚唐诗人。

③ 程明道，程颢（1032～1085年），字伯淳，北宋哲学家、教育家。

④ 桐君，传说中黄帝时的药师。

摇渐近，五分钟后，我在渡口，却终于听出了咿呀柔橹的声音。时间似乎已经入了酉时的下刻，小市里的群动，这时候都已经静息；自从渡口的那位少妇，在微茫的夜色里，藏去了她那张白团团的面影之后，我独立在江边，不知不觉心里头却兀自感到了一种他乡日暮的悲哀。渡船到岸，船头上起了几声微微的水浪清音，又铜东的一响，我早已跳上了船，渡船也已经掉过头来了。坐在黑影沉沉的舱里，我起先只在静听着柔橹划水的声音，然后却在黑影里看出了一星船家在吸着的长烟管头上的烟火，最后因为被沉默压迫不过，我只好开口说话了："船家！你这样的渡我过去，该给你几个船钱？"我问。"随你先生把几个就是。"船家说话冗慢幽长，似乎已经带有些睡意了，我就向袋里摸出了两角钱来。"这两角钱，就算是我的渡船钱，请你候我一会，上去烧一次夜香，我是依旧要渡过江来的。"船家的回答，只是嗯嗯、呜呜，幽幽同牛叫似的一种鼻音，然而从继这鼻音而起的两三声轻快的喀声听来，他却已经在感到满足了，因为我也知道，乡间的义渡，船钱最多也不过是两三枚铜子而已。

到了桐君山下，在山影和树影交掩着的崎岖道上，我上岸走不上几步，就被一块乱石绊倒，滑跌了一次。船家似乎也动了恻隐之心了，一句话也不发，跑将上来，他却突然交给了我一盒火柴。我于感谢了一番他的盛意之后，重整步武，再摸上山去，先是必须点一枝火柴走三五步路的，但到得半山，路既就了规律，而微云堆里的半规月色，也朦胧地现出一痕银线来了，所以手里还存着的半盒火柴，就被我藏入了袋里。路是从山的西北，盘曲而上；渐走渐高，半山一到，天也开朗了一点，桐庐县市上的灯光，也星星可数了。更纵目向江心望去，富春江两岸的船上和桐溪合流口停泊着的船尾船头，也看得出一点一点的火来。走过半山，桐君观里的晚祷钟鼓，似乎还没有息尽，耳朵里仿佛听见了几丝木鱼钲钹的残声。走上山顶，先在半途遇着了一道道观外围的女墙，这女墙的栅门，却已经掩上了。在栅门外徘徊了一刻，觉得已经到了此门而不进去，终于是不能满足我这一次暗夜冒险的好奇怪癖的。所以细想了几次，还是决心进去，非进去不可，轻轻用手往里面一推，栅门却呀的一声，早已退向了后方开开了，这门原来是虚掩在那里的。进了栅门，踏着为淡月所映照的石砌平路，向东向南的前走了五六十步，居然走到了道观的大门之外，这两扇朱红漆的大门，不消说是紧闭在那里的。到了此地，我却不想再破门进去了，因为这大门是朝南向着大江开的。门外头是一条一丈来宽的石砌步道，步道的一旁是道观的墙，一旁便是山坡，靠山坡的一面，并且还有一道二尺来高的石墙筑在那里，大约是代替栏杆，防人倾跌下山去的用意；石墙之上，铺的是二三尺宽的青石，在这似石栏又似石凳的墙上，尽可以坐卧游息，饱看桐江和对岸的风景，就是在这里坐它一晚，也很可以，我又何必去打开门来，惊起那些老道的噩梦呢？

空旷的天空里，流涨着的只是些灰白的云，云层缺处，原也看得出半角的天，和一点两点的星，但看起来最饶风趣的，却仍是欲藏还露，将见仍无的那半规月影。这时候江面上似乎起了风，云脚的迁移，更来得迅速了，而低头向江心一看，几多散乱着的船里的灯光，也忽明忽灭地变换了一变换位置。

这道观大门外的景色，真神奇极了。我当十几年前，在放浪的游程里，曾向瓜州京口一带，消磨过不少的时日；那时觉得果然名不虚传的，确是甘露寺外的江山，而现在到了桐庐，昏夜上这桐君山来一看，又觉得这江山的秀而且静，风景的整而不散，却非那天下第一江山的北固山所可与比拟的了。真也难怪得严子陵，难怪得戴徵士①，倘使我若能在这样的地方结屋读书，以养天年，那还要什么的高官厚禄，还要什么的浮名虚誉哩？一个人在这桐君观前的石凳上，看看山，看看水，看看城中的灯火和天上的星云，更做做浩无边际的无聊的幻梦，我竟忘记了时刻，忘记了自身，直等到隔江的击柝声传来，向西一看，忽而觉得城中的灯影微茫地减了，才跑也似地走下了山来，渡江奔回了客舍。

第二日侵晨，觉得昨天在桐君观前做过的残梦正还没有续完的时候，窗外面忽而传来了一阵吹角的声音。好梦虽被打破，但因这同吹筚篥②似的商音哀咽，却很含着些荒凉的古意，并且晓风残月，杨柳岸边，也正好候船待发，上严陵去；所以心里纵怀着了些儿怨恨，但脸上却只现出了一痕微笑，起来梳洗更衣，叫茶房去雇船去。雇好了一只双桨的渔舟，买就了些酒菜鱼米，就在旅馆前面的码头上上了船。轻轻向江心摇出去的时候，东方的云幕中间，已现出了几丝红韵，有八点多钟了；舟师急得厉害，只在埋怨旅馆的茶房，为什么昨晚不预先告诉，好早一点出发。因为此去就是七里滩头，无风七里，有风七十里，上钓台去玩一趟回来，路程虽则有限，但这几日风雨无常，说不定要走夜路，才回来得了的。

过了桐庐，江心狭窄，浅滩果然多起来了。路上遇着的来往的行舟，数目也是很少，因为早晨吹的角，就是往建德去的快班船的信号，快班船一开，来往于两埠之间的船就不十分多了。两岸全是青青的山，中间是一条清浅的水，有时候过一个沙洲，洲上的桃花菜花，还有许多不晓得名字的白色的花，正在喧闹着春

① 戴徵士，指南宋时戴勃和戴颙兄弟。两人都是当时的文学家、音乐家，隐居在桐庐。

② 筚篥，古代管乐器，以竹为管，上开八孔，管口插有哨子，俗称"管子"或"管"。

暮，吸引着蜂蝶。我在船头上一口一口的喝着严东关的药酒，指东话西地问着船家，这是什么山？那是什么港？惊叹了半天，称颂了半天，人也觉得倦了，不晓得什么时候，身子却走上了一家水边的酒楼，在和数年不见的几位已经做了党官的朋友高谈阔论。谈论之余，还背诵了一首两三年前曾在同一的情形之下做成的歪诗：

　　不是尊前爱惜身，佯狂难免假成真，

　　曾因酒醉鞭名马，生怕情多累美人。

　　劫数东南天作孽，鸡鸣风雨海扬尘，

　　悲歌痛哭终何补，义士纷纷说帝秦。

　　直到盛筵将散，我酒也不想再喝了，和几位朋友闹得心里各自难堪，连对旁边坐着的两位陪酒的名花都不愿意开口。正在这上下不得的苦闷关头，船家却大声的叫了起来说：

　　“先生，罗芷过了，钓台就在前面，你醒醒吧，好上山去烧饭吃去。”

　　擦擦眼睛，整了一整衣服，抬起头来一看，四面的水光山色又忽而变了样子了。清清的一条浅水，比前又窄了几分，四围的山包得格外的紧了，仿佛是前无去路的样子。并且山容峻削，看去觉得格外的瘦格外的高。向天上地下四围看去，只寂寂的看不见一个人类。双桨的摇响，到此似乎也不敢放肆了，钩的一声过后，要好半天才来一个幽幽的回响，静，静，静，身边水上，山下岩头，只沉浸着太古的静，死灭的静，山峡里连飞鸟的影子也看不见半只。前面的所谓钓台山上，只看得见两个大石垒，一间歪斜的亭子，许多纵横芜杂的草木。山腰里的那座祠堂，也只露着些废垣残瓦，屋上面连炊烟都没有一丝半缕，象是好久好久没有人住了的样子。并且天气又来得阴森，早晨曾经露一露脸过的太阳，这时候早已深藏在云堆里了，余下来的只是时有时无从侧面吹来的阴飕飕的半箭儿山风。船靠了山脚，跟着前面背着酒菜鱼米的船夫，走上严先生祠堂去的时候，我心里真有点害怕，怕在这荒山里要遇见一个干枯苍老得同丝瓜筋似的严先生的鬼魂。

在祠堂西院的客厅里坐定，和严先生的不知第几代的裔孙谈了几句关于年岁水旱的话后，我的心跳，也渐渐儿的镇静下去了，嘱托了他以煮饭烧菜的杂务，我和船家就从断碑乱石中间爬上了钓台。

东西两石垒，高各有二三百尺，离江面约两里来远，东西台相去，只有一二百步，但其间却夹着一条深谷，立在东台，可以看得出罗苎的人家，回头展望来路，风景似乎散漫一点，而一上谢氏的西台，向西望去，则幽谷里的清景，却绝对的不象是在人间了。我虽则没有到过瑞士，但到了西台，朝西一看，立时就想起了曾在照片上看见过的威廉退儿①的祠堂。这四山的幽静，这江水的青蓝，简直同在画片上的珂罗版色彩，② 一色也没有两样；所不同的，就是在这儿的变化更多一点，周围的环境更芜杂不整齐一点而已，但这却是好处，这正是足以代表东方民族性的颓废荒凉的美。

从钓台下来，回到严先生的祠堂——记得这是洪杨③以后严

---

① 威廉退儿（Willian Tell），十四世纪瑞士反抗奥地利哈布斯堡王朝统治的英雄。

② 珂罗版（colloIype），照相平印版之一，又称"玻璃版"。适宜复制单色或彩色绘画、手迹和重要文献等。

③ 洪杨，太平天国领袖洪秀全和杨秀清的简称。

州知府戴槃重建的祠堂——西院里饱啖了一顿酒肉，我觉得有点酩酊微醉了。手拿着以火柴柄制成的牙签，走到东面供着严先生神像的龛前，向四面的破壁上一看，翠墨淋漓，题在那里的，竟多是些俗而不雅的过路高官的手笔。最后到了南面的一块白墙头上，在离屋檐不远的一角高处，却看到了我们的一位新近去世的同乡夏灵峰①先生的四句似邵尧夫②而又略带感慨的诗句。夏灵峰先生虽则只知崇古，不善处今，但是五十年来，象他那样的顽固自尊的亡清遗老，也的确是没有第二个人。比较起现在的那些官迷财迷的南满尚书和东洋宦婢来，他的经术言行，姑且不必去论它，就是以骨头来称称，我想也要比什么罗三郎郑太郎辈③，重到好几百倍。慕贤的心一动，醺人的臭技自然是难熬了，堆起了几张桌椅，借得了一支破笔，我也在高墙上在夏灵峰先生的脚后放上了一个陈屁，就是在船舱的梦里，也曾微吟过的那一首歪诗。

从墙头上跳将下来，又向龛前天井去走了一圈，觉得酒后的喉咙，有点渴痒了，所以就又走回到了西院，静坐着喝了两碗清茶。在这四大无声，只听见我自己的啾啾喝水的舌音冲击到那座破院的败壁上去的寂静中间，同惊雷似地一响，院后的竹园里却忽而飞出了一声闲长而又有节奏似的鸡啼的声来。同时在门外面歇着的船家，也走进了院门，高声的对我说：

"先生，我们回去吧，已经是吃点心的时候了，你不听见那只公鸡在后山啼么？我们回去吧！"

一九三二年八月在上海写

---

① 夏灵峰，夏震武（1853~1930 年），字伯定，浙江富阳人。

② 邵尧夫，邵雍（1011~1077 年），字尧夫，北宋哲学家。

③ 罗三郎郑太郎辈，指 1930 年投降日本侵略军，制造伪满州国汉奸活动的罗振玉、郑孝胥。

浙东景物纪略

方岩纪静

方岩在永康县东北五十里。自金华至永康的百余里，有公共汽车可坐，从永康至方岩就非坐轿或步行不可；我们去的那天，因为天阴欲雨，所以在永康下公共汽车后就都坐了轿子，向东前进。十五里过金山村，又十五里到芝英，是一大镇，居民约有千户，多应姓者；停轿少息，雨愈下愈大了，就买了些油纸之类，作防雨具。再行十余里，两旁就有起山来了，峰岩奇特，老树纵横，在微雨里望去，形状不一，轿夫一一指示说："这是公婆岩，那是老虎岩……老鼠梯"等等，说了一大串，又数里，就到了岩下街，已经是在方岩的脚下了。

凡到过金华的人，总该有这样的一个经验，在旅馆里住下后，每会有些着青布长衫，文质彬彬的乡下先生，来盘问你：

"是否去方岩烧香的？这是第几次来进香了？从前住过哪一家？"

你若回答他说是第一次去方岩，那他就会拿出一张名片来，请你上方岩去后，到这一家去住宿。这些都是岩下街的房头，象旅店而又略异的接客者。远在数百里外，就有这些派出代理人来兜揽生意，一则也可以想见一年到头方岩香市之盛，一则也可以推想岩下街四五百家人家，竞争的激烈。

岩下街的所谓房头，经营旅店业而专靠胡公庙吃饭者，总有三五千人，大半系程、应二姓，文风极盛，财产也各可观，房子都系三层楼。大抵的情形，下层系建筑在谷里，中层沿街，上层为楼，房间一家总有三五十间，香市盛的时候，听说每家都患人满。香客之自绍兴、处州、杭州及近县来者，为数固已不少，最远者，且有自福建来的。

从岩下街起，曲折再行三五里，就上山；山上的石级是数不清的，密而且峻，盘旋环绕，要走一个钟头，才走得到胡公庙的峰门。

胡公名则，字子正，永康人，宋兵部侍郎，尝奏免衢、婺二州民丁钱，所以百姓感德，立庙祀之。胡公少时，曾在方岩读过书，故而庙在方岩者为老牌真货。且时显灵异，最著的，有下列数则：

> 宋徽宗时，寇略永康，乡民避寇于方岩，岩有千人坑，大藤悬挂，寇至缘藤而上，忽见赤蛇啮藤断，寇都坠死。
>
> 盗起清溪，盘踞方岩，首魁夜梦神饮马于岩之池，平明池涸，其徒惊溃。
>
> 洪杨事起，近乡近村多遭劫，独方岩得无恙。
>
> 民国三年，嵊县乡民，慕胡公之灵异，造庙祀之，乘昏夜来方岩盗胡公头去，欲以之造像，公梦示知事及近乡农

民，属捉盗神像头者，盗尽就逮。是年冬间嵊县一乡大火，
凡预闻盗公头者皆烧失。翌年八月该乡民又有二人来进香，
各毙于路上。

类似这样的奇迹灵异，还数不胜数，所以一年四季，方岩香
火不绝，而尤以春秋为盛，朝山进香者，络绎于四方数百里的途
上。金华人之远旅他乡者，各就其地建胡公庙以祀公，虽然说是
迷信，但感化威力的广大，实在也出乎我们的意料之外，这就是
方岩的盛名所以能远播各地的一近因而说的话；至于我们的不远
千里，必欲至方岩一看的原因，却在它的山水的幽静灵秀，完全
与别种山峰不同的地方。

方岩附近的山，都是绝壁陡起，高二三百丈，面积周围三五
里至六七里不等。而峰顶与峰脚，面积无大差异，形状或方或
圆，绝似硕大的撑天圆柱。峰岩顶上，又都是平地，林木丛丛，
簇生如发。峰的腰际，只是一层一层的沙石岩壁，可望而不可
登。间有瀑布奔流，奇树突出，自朝至暮，因日光风雨之移易，
形状景象，也千变万化，捉摸不定。山之伟观到此大约是可以说
得已臻极顶了吧？

从前看中国画里的奇岩绝壁，皴法①皱叠，苍劲雄伟到不可
思议的地步，现在到了方岩，向各山略一举目，才知道南宗北派
的画山点石，都还有未到之处。在学校里初学英文的时候，读到
那一位美国清教作家何桑的《大石面》一篇短篇，颇生异想，身
到方岩，方知年幼时的少见多怪，象那篇小说里所写的大石面，

---

① 皴法，中国画技法名，用以表现山石和树皮的纹理。

在这附近真不知有多多少少。我不曾到过埃及，不知沙漠中的Sphinx①比起这些岩面来，又该是谁兄谁弟。尤其是天造地设，清幽岑寂到令人毛发悚然的一区境界，是方岩北面相去约二三里地的寿山下五峰书院所在的地方。

北面数峰，远近环拱，至西面而南偏，绝壁千丈，成了一条上突下缩的倒覆危墙。危墙腰下，离地约二三丈的地方，墙脚忽而下见，形成大洞，似巨怪之张口，口腔上下，都是石壁，五峰书院，丽泽祠，学易斋，就建筑在这巨口的上下腭之间，不施椽瓦，而风雨莫及，冬暖夏凉，而红尘不到。更奇峭者，就是这绝壁的忽而向东南的一折，递进而突起了固厚，瀑布、桃花、复釜、鸡鸣的五个奇峰，峰峰都高大似方岩，而形状颜色，各不相同。立在五峰书院的楼上，只听得见四围飞瀑的清音，仰视天小，鸟飞不渡，对视五峰，青紫无言，向东展望，略见白云远树，浮漾在楔形阔处的空中。一种幽静、清新、伟大的感觉，自然而然地袭向人来；朱晦翁、吕东莱、陈龙川②诸道学先生的必择此地来讲学，以及一般宋儒的每喜利用山洞或风景幽丽的地方作讲堂，推其本意，大约总也在想借了自然的威力来压制人欲的缘故，不看金华的山水，这种宋儒的苦心是猜不出来的。

初到方岩的一天，就在微雨里游尽了这五峰书院的周围，与胡公庙的全部。庙在岩顶，规模颇大，前前后后，也有两条街，许多房头，在蒙胡公的福荫；一人成佛，鸡犬都仙，原是中国的旧例。胡公神像，是一位赤面长须的柔和长者，前殿后殿，各有一尊，相貌装饰，两都一样，大约一尊是预备着于出会时用的。

---

① Sphinx，希腊神话中带翼狮身女怪，即斯芬克斯。

② 朱晦翁，朱熹，南宋哲学家、教育家。吕东莱，吕本中，南宋诗人。陈龙川，陈亮，南宋思想家、文学家。

我们去的那日，大约刚逢着了废历的十月初一，庙中前殿戏台上在演社戏敬神。台前簇拥着许多老幼男女，各流着些被感动了的随喜之泪，而戏中的情节说辞，我们竟一点儿也不懂；问问立在我们身旁的一位象本地出身，能说普通话的中老绅士，方知戏班是本地班，所演的为《杀狗劝妻》一类的孝义杂剧。

从胡公庙下山，回到了宿处的程××店中，则客堂上早已经点起了两枝大红烛，摆上了许多大肉大鸡的酒菜，在候我们吃晚饭了；菜蔬丰盛到了极点，但无鱼少海味，所以味也不甚适口。

第二天破晓起来，仍坐原轿绕灵岩的福善寺回永康，路上的风景，也很清异。

第一，灵岩也系同方岩一样的一枝突起的奇峰，峰的半空，有一穿心大洞，长约二三十丈，广可五六丈左右，所谓福善寺者，就系建筑在这大山洞里的。我们由东首上山进洞的后面，通过一条从洞里隔出来的长巷，出南面洞口而至寺内，居然也有天王殿、韦驮殿、观音堂等设置，山洞的大，也可想见了。南面四山环抱，红叶青枝，照耀得可爱之至；因为天晴了，所以空气澄鲜，一道下山去的曲折石级，自上面瞭望下去，更觉得幽深到不能见底。

下灵岩后，向西北的绕道回去，一路上尽是些低昂的山岭与旋绕的清溪，经过园内有两株数百年古柏的周氏祠庙，将至俗名耳朵岭的五木岭口的中间，一段溪光山影，景色真象是在画里；西南处州各地的远山，呼之欲来，回头四望，清入肺腑。

过五木岭，就是一大平原，北山隐隐，已经看得见横空的一线，十五里到永康，坐公共汽车回金华，还是午后三四点钟的光景。

烂柯纪梦

晋王质，伐木至石室中，见童子四人弹琴而歌，质因倚柯听之。童子以一物如枣核与质，质含之便不复饥。俄顷，童子曰："其归！"承声而去，斧柯摧然烂尽。既归，质去家已数十年，亲情凋落，无复向时比矣。

这传说，小时候就听到了，大约总是喜欢念佛的老祖母讲给我们孩子听的神仙故事。和这故事联合在一起的，还有一张习字的时候用的方格红字，叫作"王子去求仙，丹成入九天，山中方七日，世上已千年。"我的所以要把这些儿时的记忆，重新唤起的原因，不过想说一句这故事的普遍流传而已。是以樵子入山，看神仙对弈，斧柯烂尽的事情，各处深山里都可以插得进去，也真怪不得中国各地，有烂柯的遗迹至十余处之多了。但衢州的烂柯山，却是《道书》上所说的"青霞第八洞天"，亦名"景华洞天"的所在，是大家所公认的这烂柯故事的发源本土，也是从金华来衢州游历的人非到不可的地方，故而到衢州的翌日，我们就出发去游柯山（衢州人叫烂柯山都只称柯山）。

十月阳和，本来就是小春的天气，可是我们到烂柯山的那天，觉得比平时的十月，还更加和暖了几分。所以从衢州的小南门出来，打桑树柏树很多的田野里经过，一路上看山看水，走了十六七里路后，在仙寿亭前渡沙步溪，一直到了石桥寺即宝岩寺的脚下，向寺后山上一个通天的大洞看了一眼的时候，方才同从梦里醒转来的人一样，整了一整精神。烂柯山的这一根石梁，实在是伟大，实在是奇怪。

出衢州的南门的时候，眼面前只看得出一排隐隐的青山而已；南门外的桑麻野道，野道旁的池沼清溪，以及牛羊村集，草舍蔗田，风景虽则清丽，但也并不觉得特别的好。可是在仙寿亭前过渡的瞬间，一看那一条澄清澈底的同大江般的溪水，心里已经有点发痒似的想叫起来了，殊不知入山三里，在青葱环绕着的极深奥的区中，更来了这巨人撑足直立似的一个大洞；立在山下，远远望去，就可以从这巨人的胯下，看出后面的一湾碧绿碧绿的青天，云烟缥缈，山意悠闲，清通灵秀，只觉得是身到了别一个天地；一个在城市里住久的俗人，忽入此境，那能够叫他不目瞪口呆，暗暗里要想到成仙成佛的事情上去呢？

石桥寺，即宝岩寺，在烂柯山的南麓，虽说是梁时创建的古刹，但建筑却已经摧毁得不得了了。寺后上山，踏石级走里把路，就可以到那条石梁或石桥的洞下；洞高二十多丈，宽三十余丈，南北的深约三五丈，真象是悬空从山间凿出来的一条石桥。不过平常的桥梁，决没有这样高大的桥洞而已。石桥的上面，仍旧是层层的岩石，洞上一层，也有中空的一条石缝，爬上去俯身一看，是可以看得出天来的，所谓一线天者，就系指这一条小缝而言。再上去，是石桥的顶上，平坦可以建屋，从前有一个塔，造在这最高峰上，现在却只能看出一堆高高突起的瓦砾，塔是早已倾圮尽了。

石桥下南洞口，有一块圆形岩石蹲伏在那里，石的右旁的一个八角亭，就是所谓迟日亭。这亭的高度，总也有三五丈的样子，但你若跑上北面离柯山略远的小山顶上去瞭望过来，只觉得是一堆小小的木堆，塞在洞的旁边。石桥洞底壁上，右手刻着明郡守杨子臣写的"烂柯仙洞"四个大字，左手刻着明郡守李遂写的"天生石梁"四个大字，此外还有许多小字的题名记载的石刻，都因为沙石岩容易风化的缘故，已经剥落得看不清楚了。石桥洞下，有十余块断碑残碣，纵横堆叠在那里。三块宋碑的断片，字迹飞舞雄伟，比黄山谷①更加有劲。可惜中国人变乱太多，私心太重，这些旧迹名碑，都已经断残缺裂到了不可收拾的地步。《烂柯山志》编者，在金石部下有一段记事说：

> 名碑古物之毁于兵燹，宜也；但烂柯山之金石，不幸竟三次被毁于文人，岂非怪事？所谓文人的毁碑，有两次是因建寺而将这些石碑抬了去填过屋基，有一次系一不知姓名者来寺拓碑，拓后便私自将那些较古的碑石凿断敲裂，使后人不复有再见一次的机会。

烂柯山南麓，在上山去的石级旁边，还有许多翁仲石马，乱倒在荒榛漫草之中。翻《烂柯山志》一查，才知道明四川巡抚徐忠烈公，葬在此地，俗称徐天官墓者，就是此处。

在柯山寺的前前后后，赏玩了两三个钟头，更在寺里吃了一顿午饭，我们就又在暖日之下，和做梦似地回到了衢州，因为衢州城里还有几处地方，非去看一下不可。

一是在豆腐铺作场后面的那座天王塔。

二是城东北隅吴征虏将军郑公舍宅而建的那个古刹祥符寺。

三是孔子家庙，及庙内所藏的子贡手刻的楷木孔子及夫人丌官氏像。

这三处当然是以孔庙和楷木孔子像最为一般人所知道，数千年来的国宝，实在是不容易见到的希世奇珍。

陪我们去孔庙的，是三衢医院的院长孔熊瑞先生，系孔子第

---

① 黄山谷，黄庭坚（1045～1105 年），北宋诗人、书法家。

七十三代的裔孙。楷木像藏在孔庙西首的一间楼上；像各高尺余，孔子是朝服执圭的一个坐像，丌官夫人[①]的也是一样的一个，但手中无圭。两像颜色苍黑，刻划遒劲，决不是近代人的刀势。据孔先生告诉我们的话，则这两像素来就说是出于端木子贡之手刻，宋南渡时由衍圣公孔端友抱负来衢，供在家庙的思鲁阁上；即以来衢州后的年限来说，也已经有八九百年的历史了。孔子像的面貌，同一般的画像并不相同，两眼及鼻子很大，颧骨不十分高，须分三挂，下垂及拱起的手际，耳朵也比常人大一点儿。孔子的一个圭，一挂须，及一只耳朵，已经损坏了，现在的系后人补刻嵌入的，刀法和刻纹，与原刻的一比，显见得后人的笔势来得软弱。

孔庙正中殿上，尚有孔子塑像一尊，东西两庑，各有迁衢始祖衍圣公孔端友等的塑像数尊，西首思鲁阁下，还有石刻吴道子画的孔子像碑一块；一座家庙，形式格局，完全是圣庙的大成至圣先师之殿。我虽则还不曾到过曲阜，但在这衢州的孔庙内巡视了一下，闭上眼睛，那座圣地的殿堂，仿佛也可以想象得出来了。

衢州西安门外，新河沿下的浮桥边，原也有江干的花市在的，但比到兰溪的江山船，要逊色得多，所以不纪。

仙霞纪险

从衢州南下，一路上迎送着的有不断的青山，更超过几条水色蓝碧的江身，经一大平原，过双塔地，到一区四山围抱的江

---

① 丌官夫人，孔子之妻。丌官，复姓。

城，就是江山县了。

江山是以三片石的江郎山出名的地方，南越仙霞关，直通闽粤，西去玉山，便是江西；所谓七省通衢，江山实在是第一个紧要的边境。世乱年荒，这江山县人民的提心吊胆，打草惊蛇的状况，也可以想见的了；我们南来，也不过想见识见识仙霞关的险峻，至于采风访俗，玩水游山，在这一个年头，却是不许轻易去尝试的雅事，所以到江山的第二日一早，我们就急急地雇了一辆汽车，驰往仙霞关去。

在南门外的汽车站上车，三里就到俗名东岳山，有一块老虎岩，并一座明嘉靖年间建置的塔在的景星山下；南行二十里，远远望得见冲天的三块巨岩江郎山，或合或离，在东面的群山中跳跃；再去是淤头，是峡口，是仙霞岭的区域了，去江山虽有八九十里路程，但汽车走走，也只走了两三个钟头的样子。

仙霞岭的面貌，实在是雄奇伟大得很！老远看来，就是那么高那么大的这排百里来长的仙霞山脉，近来一看，更觉得是不见天日了。东西南的三面，弯里有弯，山上有山；奇峰怪石，老树长藤，不计其数；而最曲折不尽，令人方向都分辨不出来的，是新从关外二十八都筑起，沿龙溪、化龙溪两支深山中的大水而行的那条通江山的汽车公路。

五步一转弯，三步一上岭，一面是流泉涡旋的深坑万丈，一面又是鸟飞不到的绝壁千寻。转一个弯，变一番景色，上一条岭，辟一个天地，上上下下，去去回回，我们在仙霞山中，龙溪岸上，自北去南，因为要绕过仙霞关去，汽车足足走了有一个多钟头的山路。山的高，水的深，与夫弯的多，路的险，不折不扣的说将出来，比杭州的九溪十八涧，起码总要超过三百多倍。要看山水的曲折，要试车路的崎岖，要将性命和运命去拚拚，想尝一尝生死关头，千钧一发的冒险异味的人，仙霞岭不可不到，尤其是从仙霞关北麓绕路出关，上关南二十八都去的这一条新辟的汽车公路，不可不去一走。车到关南，行经小竿岭的那个隘口，近瞰二十八都谷底里的人家，远望浦城枫岭诸峰的青影的时候，我真感到了一种一则以喜一则以惧的说不出的心理；喜的是关后许多险隘，已经被我走过了，惧的是直望山脚的目的地二十八都，虽然是只离开了一程抛石的空间，但山坡陡削，直冲下去，总也还有二三千尺的高度。这时候回头来看看仙霞关，一条石级铺得象蛇腹似的曩时的鸟道，却早已高高隐没在云雾与树木的中间了。

从小竿岭的隘口下来，盘旋回绕，再走了三四十分钟头，到仙霞关外第一口的二十八都去一看，忽然间大家的身上又起了一层鸡皮的细粒。

太阳分明是高照在那里，天色当然是苍苍的，高大的人家的住屋，也一层一层的排列着在，但是人哩，活的生动着的人哩，人都到哪里去了呢？

许许多多的很整齐的人家，窗户都是掩着的，门却是半开半闭，或者竟全无地空空洞洞同死鲈鱼的口嘴似的张开在那里。踏进去一看，地下只散乱铺着有许多稻草。脚步声在空屋里反射出来的那一种响声，自己听了也要害怕。忽而索落落屋角的黑暗处稻草一动，偶尔也会立起一个人来，但只光着眼睛，向你上下一打量，他就悄悄的避开了。你若追上去问他一句话呢，他只很勉强地站立下来，对你又是光着眼睛的一番打量，摇摇头，露一脸阴风惨惨的苦笑，就又走了，回话是一句也不说的。

我们照这样的搜寻空屋，搜寻了好几处，才找到了一所基干队驻扎在那里的处所。守卫的兵士，对我们起初当然也是很含有疑惧的一番打量，听了我们的许多说明之后，他才开口说："昨晚上又有谣言。居民是自从去年九月以来，早就搬走了。在这里要吃一顿饭，是很不容易，因为豆腐青菜都没有人做，但今天早晨，队长是已经接到了江山胡站长的信，饭大约总在预备了吧？"说了，就请我们上大厅去歇息。我们看到了这一种情形，听到了那一番话，食欲早就被恐怖打倒了，所以道了一声队长万福，跳上车子，转身就走。

重回到小竿岭的那个隘口的时候，几刻钟前曾经盘问我们过，幸亏有了陈万里先生的那个徽章证明，才安然放我们过去的那位捧大刀的守卫兵，却笑着对我们说："你们就回去了么？"回来一过此口，已经入了安全地带，我们的胆子也大起来了，就在龙溪边上，一处叫作大坞的溪桥旁边下了车，打算爬上山去，亲眼去看一看那座也可以说是一夫当关，万夫莫开，宋史浩方把石路铺起来的仙霞关口。一面，叫空车子仍遵原路，绕到仙霞关北相去五里的保安村去等候我们，好让我们由关南上岭，关北下山，一路上看看风景。

据书上的记载，则仙霞岭高三百六十级，凡二十四曲，有五关，×十峰等等，我们因为是从半腰里上去的，所以所走的只是关门所在的那一段。

仙霞关，前前后后，有四个关门。第二关的边上，将近顶边的地方，是一座新筑的碉楼在那里，据陪我们去游的胡站长说，江山近旁，共有碉楼四十余处，是新近才筑起来的，但汽车路一开，这些碉楼，这座雄关，将来怕都要变成些虚有其名的古迹了。

仙霞关内岭顶，有一座霞岭亭，亭旁住着一家人家，从前大约是守关官吏的住所，现在却只剩了一位老人，在那里卖茶给过路的行人。

北面出关，下岭里许，是一个关帝庙。规模很大，有观音阁、浣霞池亭等建筑，大约从前的闽浙官吏来往，总是在这庙内寄宿的无疑。现在东面浣霞池的亭上，还有许多周亮工①的过关诗，以及清初诸名宦的唱和诗碣，嵌在石壁的中间。

在关帝庙里喝了一碗茶，买了些有名的仙霞关的绿茶茶叶，晚霞已经围住了山腰，我们的手上脸上都感觉得有点潮润起来了，大家就不约而同的叫了出来说：

"啊！原来这些就是仙霞！不到此地，可真不晓得这关名之妙喂！"

下岭过溪，走到溪旁的保安村里，坐上车子，再探头出来看了一眼曾经我们走过的山岭，这座东南的雄镇，却早已羞羞怯怯，躲入到一片白茫茫的仙霞怀里去了。

冰川纪秀

冰川是玉山东南门外环城的一条大溪，我们上玉山到这溪边的时候，因为杭江铁路车尚未通，是由江山坐汽车绕广丰，直驱了二三百里的长路，好容易才走到的。到了冰溪的南岸来一看，在衢州见了颜色两样的城墙时所感到的那种异样的，紧张的空气，更是迫切了；走下汽车，对手执大刀，在浮桥边检查行人的兵士们偷抛了几眼斜视，我们就只好决定不进城去，但在冰川旁边走走，马上再坐原车回去江山。

玉山城外是由这一条天生的城河冰溪环抱在那里的，东南半

---

① 周亮工，明末清初篆刻鉴别家。

角却有着好几处雁齿似的浮桥。浮桥的脚上，手捧着明晃晃的大刀，肩负着黄苍苍的马枪，在那里检查入城证、良民证的兵士，看起来相貌都觉得是很可怕。

从冰川第一楼下绕过，沿堤走向东南，一块大空地，一个大森林，就是郭家洲了。武安山障在南边，普宁寺、鹤岭寺接在东首。单就这一角的风景来说，有山有水，还有水车、磨房、渔梁、石磡、水闸、长堤，凡中国画或水彩画里所用得着的各种点景的品物，都已经齐备了；在这样小的一个背景里，能具备着这么些个秀丽的点缀品的地方。我觉得行尽了江浙的两地，也是很不多见的。而尤其是出乎我们的意料之外的，是郭家洲这一个三角洲上的那些树林的疏散的逸韵。

郭家洲，从前大约也是冰溪的流水所经过的地方，但时移势易，沧海现在竟变作了桑田了；那一排疏疏落落的杂树林，同外国古宫旧堡的画上所有的那样的那排大树，少算算，大约总也已经有了百数岁的年纪。

这一次在漫游浙东的途中，看见的山也真不少了，但每次总觉得有点美中不足的，是树木的稀少；不意一跨入了这江西的境界，就近在县城的旁边，居然竟能够看到了这一个自然形成的象公园似的大杂树林！

城里既然进不去，爬山又恐怕没有时间，并且离县城向西向北十来里地的境界，去走就有点儿危险，万不得已，自然只好横过郭家洲，上鹤岭寺山上的那一个北面的空亭，去遥想玉山的城市了。

玉山城里的人家，实在整洁得很。沿城河的一排住宅，窗明几净，倒影溪中，远看好象是威尼斯市里的通衢。太阳斜了，城里头起了炊烟，水上的微波，也渐渐地渐渐地带上了红影。西北的高山一带，有一个尖峰突起，活象是倒插的笔尖，大约是怀玉山了吧？

这一回沿杭江铁路西南直下，千里的游程，到玉山城外终止了。"冰为溪水玉为山！"坐上了向原路回来的汽车，我念着戴叔伦①的这一句现成的诗句，觉得这一次旅行的煞尾，倒很有点儿象德国浪漫派诗人的小说。

一九三三年十二月稿

---

① 戴叔伦，唐代诗人。

出昱岭关记

一九三四年三月末日，夜宿在东天目昭明禅院的禅房里。四月一日侵晨①，曾与同宿者金钱甫吴宝基诸先生约定，于五时前起床，上钟楼峰上去看日出，并看云海。但午前四时，因口渴而起来喝茶，探首向窗外一望，微云里在落细雨，知道日出与云海都看不成了，索性就酣睡了下去，一觉竟睡到了八点。

早餐后，坐轿下山。一出寺门，那知就掉向云海里去了；坐在轿上，看不出前面那轿夫的背脊，但闻人语声，鸟鸣声，轿夫换肩的喝唱声，瀑布的冲击声，从白茫茫一片的云雾里传来；云层很厚实，有时攒入轿来，扑在面上，有点儿凉阴阴的怪味，伸手出去拿了几次，却没有拿着。细雨化为云，蒸为雾，将东天目的上半山包住，今天的日出虽没有看成，可是在云海里飘泊的滋味却尝了一个饱。行至半山，更在东面山头的雾障里看出了一圈同月亮似的大白圈，晓得天又是晴的，逆料今天的西行出昱岭关去，路上一定有许多景色好看。

---

① 侵晨，清晨，凌晨。

从原来的路上下山，过老虎尾巴，越新溪，向西向南的走去，云雾全收，那一个东西两天目之间的谷里的清景，又同画样的展开在目前。上一小岭后，更走二十余里，就到了于潜的藻溪，盖即三日前下车上西天目去的地点，距西天目三十余里，去东天目约有四十里内外；轿子到此，已经是午后一点的光景，肚子饿得很，因而对于那两座西浙名山的余恋，也有点淡薄下去了。

饭后上车，西行七十余里，入昌化境，地势渐高，过芦岭关后，就是昱岭山脉的盘据地界了；车路大抵是一面依山，一面临水的。山系巉岏古怪的沙石岩峰，水是清澄见底的山泉溪水。偶尔过一平谷，则人家三五，散点在杂花绿树间。老翁在门前曝背，小儿们指点汽车，张大了嘴，举起了手，似在大喊大叫。村犬之肥硕者，有时还要和汽车赛一段跑，送我们一程。

在未到昱岭关之先，公路两岸的青山绿水，已经是怪可爱的了。语堂①并且还想起了避暑的事情，以为挈妻儿来这一区桃花源里，住它几日，不看报，不与外界相往来，饥则食小山之薇蕨，与村里的牛羊，渴则饮清溪的淡水。日当中午，大家脱得精光，入溪中去游泳。晚上倦了，就可以在月亮底下露宿，门也不必关，电灯也可以不要，只教有一枝雪茄，一张行军床，一条薄被，和几册爱读的书就好了。

"象这一种生活过惯之后，不知会不会更想到都市中去吸灰尘，看电影的?"

语堂感慨无量地自言自语，这当然又是他的 Dichtung 在

---

① 语堂，林语堂，现代作家。

作怪。前此，语堂和增嘏光旦他们，[①] 曾去富春江一带旅行；在路上，遇有不适意事，语堂就说"这是 Wahrheit！"意思就是在说"现实和理想的不能相符"，系借用了歌德的书名，而付以新解释的；所以我们这一次西游，无论遇见什么可爱可恨之事，都只以 Wahrheit 与 Dichtung 两字了之；语汇虽极简单，涵义倒着实广阔，并且说一次，大家都哄笑一场，不厌重复，也不怕烦腻，正象是在唱古诗里的循环复句一般。

车到昱岭关口，关门正在新造，停车下来，仰视众山，大家都只嘿然互相默视了一下；盖因日暮途遥，突然间到了这一个险隘，印象太深，变成了 Shock[②]，惊叹颂赞之声自然已经叫不出口，就连现成的 Dichtung 与 Wahrheit 两字，也都被骇退了。向关前关后去环视了一下，大家松了一松气，吴徐两位，照了几张关门的照相之后，那种紧张的气氛，才兹弛缓了下来。于是乎就又有了说，有了笑；同行中间的一位，并且还上关门边上去撒了一泡溺，以留作过关的纪念碑。

出关后，已入安徽绩溪歙县界，第一个到眼来的盆样的村子，就是三阳坑。四面都是一层一层的山，中间是一条东流的水。人家三五百，集处在溪的旁边，山的腰际，与前面的弯曲的公路上下。溪上远处山间的白墙数点，和在山坡食草的羊群，又将这一幅中国的古画添上了些洋气，语堂说："瑞士的山村，简直和这里一样，不过人家稍为整齐一点，山上的杂草树木要多一点而已。"我们在三阳坑车站的前头，那一条清溪的水车磨坊旁边，西看看夕阳，东望望山影，总立了约有半点钟之久，还徘徊

---

① 增嘏，全增嘏，哲学家。光旦，潘光旦，社会学家。
② Shock，英语，震惊。

而不忍去；倒惊动得三阳坑的老百姓，以为又是官军来测量地皮，破坏风水来了，在我们的周围，也张着嘴瞪着眼，绕成了一个大圈圈。

从三阳坑到岯梓里，二三十里地的中间，车尽在昱岭山脉的上下左右绕。过了一个弯，又是一个弯，盘旋上去，又盘旋下来，有时候向了西，有时候又向了东，到了顶上，回头来看看走过的路和路上的石栏，绝象是乡下人于正月元宵后，在盘的龙灯。弯也真长，真曲，真多不过。一时入一个弯去，上视危壁，下临绝涧，总以为前不见古人，后不见来者，这车非要穿入山去，学穿山甲，学神仙的土遁，才能到得徽州了，谁知门头一转，再过一个山鼻，就又是一重天地，一番景色；我先在车里默数着，要绕几个弯，过几条岭才到得徽州，但后来为周围的险景一吓，竟把数目忘了，手指头屈屈伸伸，似乎有了十七八次；大约就混说一句二三十个，想来总也没有错儿。

在这一条盘旋的公路对面，还有一个绝景，就是那一条在公路未开以前的皖浙间交通的官道。公路是开在溪谷北面的山腰，而这一条旧时的大道，是铺在溪谷南面的山麓的。从公路上的车窗里望过去，一条同银线似的长蛇小道，在对岸时而上山，时而落谷，时而过一条小桥，时而入一个亭子，隐而复见，断而再连；还有成群的驴马，肩驮着农产商品，在代替着沙漠里的骆驼，尽在这一条线路上走；路离得远了，铃声自然是听不见，就是捏着鞭子，在驴前驴后跟着行走的商人，看过去也象是画上的行人，要令人想起小时候见过的钟馗送妹图或长江行旅图来。

过岯梓里后，路渐渐平坦，日也垂垂向晚，虽然依旧是水色山光，劈面的迎来，然而因为已在昱岭关外的一带，把注意力用尽了，致对车窗外的景色，不得已而失了敬意。其实哩，绩溪与歙县的山水，本来也是清秀无比，尽可以敌得过浙西的。

在苍茫的暮色里，浑浑然躺在车上，一边在打瞌睡，一边我也在想凑集起几个字来，好变成一件象诗样的东西；哼哼读读，车行了六七十里之后，我也居然把一首哼哼调做成了：

> 盘旋曲径几多弯，历尽千山与万山，
> 外此更无三宿恋，西来又过一重关，
> 地传洙泗溪争出，俗近江淮语略蛮，
> 只恨征车留不得，让他桃李领春闲。

题目是《出昱岭关，过三阳坑后，风景绝佳》。

晚上六点前后，到了徽州城外的歙县站。入徽州城去吃了一顿夜饭，住的地方，却成问题了，于是乎又开车，走了六七十里的夜路，赶到了归休宁县管的大镇屯溪。屯溪虽有小上海的别名，虽也有公娼私娼戏园茶馆等的设备，但旅馆究竟不多；我们一群七八个人，搬来搬去，到了深夜的十二点钟，才由语堂光旦的提议，屯溪公安局的介绍，租到了一只大船，去打馆宿歇。这一晚，别无可记，只发现了叶公秋原①每爱以文言作常谈，于是乎大家建议："做文须用白话，说话须用文言"，这条原则通过以后，大家就满口之乎也者了起来，倒把语堂的 Dichtung and Wahrheit 打倒了；叶公的谈吐，尤以用公文成语时，如"该大便业已撤出在案"之类，最为滑稽得体云。

一九三四年四月十八日

---

① 叶公秋原，叶秋原，原名叶为耿，杭州人。

游白岳齐云之记

　　一九三四年三月二十九日，应东南五省周览会之约，出发西游；去临安，去于潜，宿东西两天目，出昱岭关，止宿安徽休宁县属屯溪船上，为屯浦桥下浮家之客；行尽六七百里路程，阅尽浙西皖东山水，偶一回忆，似已离家得很久了，但屈指计程，至四月三日去白岳为止，也只匆匆五六日耳。"山中方七日，世上已千年"，诗人的感觉，的确要比我们庸人灵敏一点！

　　同来者八人，全增嘏，林语堂，潘光旦，叶秋原的四位，早已游倦，急想回去，就于四月三日的清晨，在休宁县北门外分手；他们坐了我们一同自屯溪至休宁之原车回杭州，我们则上轿，去城西三十里外的白岳齐云游。

　　休宁，秦汉时附于歙县，晋改海阳海宁，隋时始称休宁，其间也曾作过州治，所以城的规模颇不小。我们自北门的梦宁门进，当街市的正中心拐弯，向西门的齐宁门出，在县城内正走了西瓜的四平开之一分的直角路，已经花去了将近四五十分钟的时间，统计起来，穿城约总有七八里地的直径无疑。

　　一出西门，就是一条大桥，系架在自椰木岭，松萝山，齐云山流下来的溪上的；滚滚清溪，东流下去，便成了浙水之源之一；在桥上俯视了一下，倒很想托它带个信去，告诉告诉浙中的亲友，说某年某月某日某时，曾在休宁城外，与去齐云山的某某上下外叉相会。

过五里亭，过蓝渡，路旁小山溪流极多，地势也在逐渐逐渐的西高上去，十一点半，到了白岳齐云的脚下。齐云山的香市，以九月为最旺，自秋至冬，迄正月而歇尽。所以山上庙宇房头及店铺之类，虽也有百家内外，但非当香市，则都空着无人居住。我们的中饭，本来是打算上山去吃的，忽而心血来潮，觉得山脚下那个小村子里的饭店，也可以一饱，于是就决定吃了上山，后来到山上去一见许多空屋，才晓得这预感却是王灵官①在那里显灵。

我们平常，总只说黄山，白岳，是皖南的名山。而休宁人，除读书识掌故者外，一般百姓，都不知白岳，只晓得齐云。实白岳齐云，是连在一起的许多山的两个名字。白岳山中的一处，名齐云岩，以后山上敕建道观，又适在这齐云岩下，明清五六百年下来，香火一直到现在未绝，一般老百姓的只知道有齐云，不知道有白岳，原因就在这里。康熙年间的《休宁县志》说：

"白岳山在县西三十里，高三百仞，周二十五里，游齐云者，必先登此。"又说：

"齐云岩，在白岳西北，高三百五十仞，周围数十里。"

"明嘉靖丙辰（西历一五五六年，亦即赵文华②视师江南之岁），世宗以祈祷有灵，改曰齐云山，敕建太素宫……"

---

① 王灵官，道教所奉祀的护法神。
② 赵文华，明代浙江慈溪人，官至工部尚书。

　　看了这两段记载，大约白岳齐云的所以要打混，与未曾到过的人，每要把一处当作两处看的疑团，总也可以冰释了吧？

　　饭后从北麓上山，石级蜿蜒曲绕。登山将五十步，过一亭为步云亭，亭后，矗立着一块五六丈高的大石碑，上刻"齐云仙境"的四大字，工整匀巧，不识是何人的手笔。山路两旁，桃花杂树很多，中途的一簇古松尤奇而可爱；在寂静的正午太阳光下，一步一步的上去，过古松，望仙等亭，人为花气所醉，浑浑然似在做梦；只有微风所惹起的松涛，和采花的蜂蝶的鸣声，时要把午梦惊醒，此外则山静似太古，不识今是何世，也不晓得自己的身子，究竟到了什么地方。

　　到一支小岭脊的中和亭（或为真气亭）后梦就非醒不可，因从这亭子前向北一回望，来路曲折就在目下，稍远是菜花满地的平楚千顷，更远就是那条数溪汇聚的夹源夹溪了，水色蔚蓝，和四面的农村花树，成了一个最美也没有的杂色对称。走出这亭子的南檐，向前面望去，先是一个半圆的幽谷，在这大大的半圆圈里，南尽头沿山有一条石栏小路，和几座不连接的道观禅房；与这一条小路相对，当半圆的这面，就在亭子的南脚下，更有一条雁齿似的堤路，两面是栏杆，中间是桥洞，湾环复与山路相接，是西去上齐云的便道。壁立在这半圆圈上的高峰，西南东三面，是石门岩，密多岩，忠烈岩，真栖岩，拱日峰等。山势飞动，石岩伟巨，初从山下慢慢走上来的人，一到此地，总不得不大吃一惊，因为平常的山里，决没有这一种巨大的石岩，尤其是从白岳山脚下上来的时候，决不会预想到将看见这一种伟大的石山的。这一区，就是白岳山的境界，所谓"游齐云者必先登此"的地方。中和亭（真气亭）内还有一块万历的碑立在那里，亭东首也有一个庙在，我们因为要去看的地方正还多着，所以碑文也没有功夫念，庙里也不曾进去。

沿山走上南去，先到了洞天福地的那一个庙里。据志书之所载，则为无心道人黄上舍国瑞之所筑；然在同一项下，又有一段记载："明嘉隆间，有一数百岁人居此，坐卧石床，无姓名，不立文字，人第称为邋遢仙，后化去，然有自峨嵋归者，谓又在山中见之。"观此，则洞天福地境内真身洞中的那座坟，或者是邋遢仙人的遗蜕也说不定，因为墓的两旁，还各有一座石床置在那里，石床上并且还各摆着了三四个大约是施舍的铜元。

自真身洞西去，接连着有雷祖，圣帝，通明等殿，都已坍毁不堪，殿外谷中，溪水不断在流，志书上所说的桃花涧，大约总就在这些地方。

我们到了白岳，看见了许多奇岩怪石，已经是不想走了；同来的吴徐两位[①]，更在这里照一像，那里摄一影地费去了许多底片。殊不知西上一山，进了天门，再下去入齐云境后，样子更是灵奇伟大，到了不可思议的地步，致吴徐二君大生后悔，说："片子带得太少了。"

拱日峰下的天门，奇峰突起，底下就是一个象一扇天然的门似的石洞。穿此洞而南下，沿山壁走去，尽是一个个的大洞和一座座的峭壁，真仙洞，圆通岩，雨君洞，珍珠帘，文昌宫，玄芝洞，等等，名目也真多，景致也真怪，地方也实在真好不过。

圆通岩前，有顺治三年石碑二，立在洞的两旁。碑身薄而石刻很深，字迹秀丽非凡。拾小石击碑铿铿作钟磬之音，所以两碑的当中，各已穿成了一个大洞，碑上的诗句，早就拓不完全了；这和未倒之先的雷峰塔脚，被烧香客挖掘，谓泥石可以治病事一

———————————————

① 吴徐两位，指游伴吴宝基、徐天章。

样的为迷信之害；象以齿毙，膏用明煎，人之有一特点而致亡身者，睹此应生感慨。圆通洞，本不甚深，中供何神，亦不曾进去细看，实在因为这一带的神像，碑版，石刻，古器等太多了，身入此间，象到了一处古物陈列所，五花八门，目眩神昏，看也看不得许多，记也记不到底的。

真仙洞（徐霞客所记的罗汉洞即在此处），最深最广，洞中的佛像也最多，四壁石龛内，并且还有许多就壁刻成的石佛，层层排列在那里。在从前，这一带地方，似乎统呼作真仙洞的，以后好事者多，来游者众，道士们也想设法多骗取一点游客的香金，所以就在这一区象罗马的斗兽场似的大半圆石壁的四周，刻上了许多的名字，供起了不少的神像。

珍珠帘，是一座百丈来高的斜复出去的巨岩，岩下也安置着佛座神堂，空广深幽，是天然的一间高大的石屋。百丈高的石檐上，一排数丈，点点滴滴，不论晴雨，不分四时，时有珍珠似的水滴在往下落。因为岩之高，幅的广，第一滴下来，尚未及半空，第二滴就又继续滴下来了，看起来真象是一层自然的珍珠帘幕，罩在面前，这些珍珠水滴，积少成多，在岩下的大石层中，汇成一大水池，即所谓碧莲池者是。

自珍珠帘沿着半圆的巨壁向西绕去就是文昌宫，玄芝洞，雨君洞等处所。凡沿碧莲池的这半圆圈上，约里把来路的中间，一处一处的名目，还不止这几个，而嵌在壁上的石碣，立在壁前的古碑，以及壁头高处，摩崖刻着的擘窠大字，若一一收录起来，我想总有一部伟大的《齐云金石志》好编（鲁丁两氏的《齐云山志》，因不曾见到，所以关于金石一类，无从记起），这些只好让专门家去搜集，现在这里只提起一件，就是文昌宫前，有明嘉靖年间的大石碑四块，还比较得完整，上面刻着的，是大学士元峰袁翁的律诗四首。

真仙洞附近碧莲池上的这大半圆圈绕过之后，又隔一高岭，再进一重门，拾级抄拱日峰侧面上去，是齐云岩下的正殿太素宫的区域了，到了这里，四面的景色，又突然的一变；愈出愈奇，更变更妙的文章作法，在这齐云仙境的景色里，正可以领悟得出来；可惜我们都是俗骨，没有福分在这里多住几天，来鉴赏这篇奇文，走马看花，只好算是匆匆地做了一个游仙之梦。

去正殿太素宫的路，更加曲折，是一个狭长的英文字母 C 的样子。太素宫向北建在 C 字的正中背上，前面缺处，深谷中突起一峰，也是一座百丈来高的锥形石山，为香炉峰。太素宫后的一排石嶂，正中就是齐云岩，峰名玉屏峰，左峰为石鼓，右峰为石钟。石钟峰之右，向西直去，为隐云，浮云仙鹊，展旗等峰。石鼓之左，向东这一边，为碧霄，石林拱日等峰。我们上正殿，系从拱日峰下，顺着 C 字底下的狭长半圆弯过去的，走了二三里路，方到了太素宫的正门，清初建的一座牌坊之下。路的两旁，尽是些第几第几房，什么什么殿的背依危岩，门临绝涧的二三层楼的建筑物，也有开店的，也有供香客住宿的，闾阎扑地①，屋栋连云，数目总约有百家内外。现在这些住屋却都空着，寂寂不见一人，但据陪我们上山的轿夫们说，则这百数家人家，当香市盛日还不够供一半香客们的住宿。秋收完后，四方赶来参拜的善男信女的热心，真可惊叹，真可佩服，也无怪从前的专制皇帝，要假神道来设教了。

齐云山正殿境内的山峰，总括一句，是奇特伟大。我们自山脚，走至太素宫，已有七八里路的高了，然而突出在太素宫上的

---

① 闾阎扑地，形容房屋众多。

诸峰，绝壁千丈，仰起头来看看，似乎还有五六里路的高度，到此地来一看才知道《安徽通志》上所说的"层峦刺天，云烟万状"等语句，决不是文人的夸大之辞。去年我曾到过浙东的方岩，那时候见了寿山五峰的天然金字塔样的石岩以为总是天下无双了，现在又到了这齐云的境内，才觉得方岩附近的石山，还没有这儿的一半高，而此处山势的错综复杂，更非五峰之罗列在一排者可比。

太素宫，是明嘉靖年间敕建的道观，已在前面说起过了，中供玄天上帝，庙貌雄丽，诚如《徐霞客游记》上之所说。但尤其使我们诧异的，是这道观内的钟鼎香炉，铜器石器之类，都还是明朝万历崇祯的旧物，丝毫也没有损坏。不过那一尊所谓百鸟衔泥所成之宋代玄帝像，现在却颜色鲜艳，不象旧时的黧黑了。推想起来，大约清朝入关，这一块地方，总还没有糜烂，洪杨兵乱[①]，此地总也保全了的无疑。凡此种种，都是使老百姓不得不确信齐云圣帝的灵异的证据，因而民间的传说，也连枝带叶地簇生了出来。传说中的最普遍的一段，是关于明刚峰先生海忠介公的。

海瑞因闻齐云山圣帝之灵，来此进香，然而走了半日却走不上山；后经道士点破，以为圣帝菩萨在嫌海公脚上的皮靴是荤的，所以如此，忠介公不得已，只能将革履脱去。及上至正殿，海公看见了殿右的皮制大鼓，就题诗反问，鼓忽自破。从此后，圣帝菩萨命王灵官密随海公，伺有过失，即击杀之。王灵官暗伺三年，及见海公在荒郊无人处，私食一地上之瓜，而系钱数十文于瓜藤之上，便回去复命，以为对这一位慎独不欺的刚峰先生，终是无隙可乘的。

---

① 洪杨兵乱，指太平天国农民运动。

这一段传说，当然是无稽之谈，不过在徽州一带流行的另外一个关于唐越国公汪华的灵验传说，却是可以当作这附近当清兵入关时并未受糜烂的证据的，顺便在此地重述一道，或者为可以供研究史实者的参考。

顺治丙戌，清兵破徽州，总督张天禄梦见一红面长髯者前来告诫；曰"毋伤我百姓！"梦觉，以为关公在显灵。及至汪王庙见了汪王神像，与梦中所见者酷似，张天禄始大惊异，于是乎徽州一带的人民，就得保全了。

吴王汪华，当隋季的乱世，能保境安民，宣杭睦婺饶的五州，卒赖以平安者十余年，至唐武德四年甲子月降唐，仍为歙州刺史，他的关怀民命，造福桑梓的功德，与钱武肃王①原可以后先媲美于东南，或者神灵不泯，突然会向嗜杀的军阀显一显圣，也说不定。这传说的第二幕，并且还说顺治己亥，当唐士奇之乱时，汪王亦曾同样的有过灵异。不过玄天上帝，曾对海瑞显那些不必要的灵，且又度量狭小，会因破了一鼓而谋报复，却有点说不过去了。这些传说，原只好"姑妄言之，姑妄听之"而已，何况海瑞的有没有到过齐云，还是一个问题哩！此外则白岳齐云的对于求子，特别有灵的故事，也值得一提。所以明李日华②有很风雅的自浙江来礼白岳之记，而袁中郎③有只求几个年青美貌而不育之妾一祷。

站在太素宫正门外的牌坊底下，向北展望过去，在有一个亭，一个香炉，并有一条铁链系着使人可作攀援之助的香炉峰后，远远看得出一排高低起伏，状如海浪似的青山。山峰中间的

---

① 钱武肃王，即钱镠，五代时吴越国的国王。
② 李日华，明代文学家。
③ 袁中郎，袁宏道，明代文学家。

一个，头有点儿略向东歪的，据说是黄山的最高峰。我们此来目的是为了想去黄山，但因天寒雪尚未消，同来者也都已游倦之故，黄山的能不能去，早成了问题，因而不知不觉，我就在齐云岩下，遥对着这百余里外的歪头山，竟发了大半天的呆。等到顺辇路峰向西走去的三位同游者，大声狂叫着说"这儿西面的风景还要好哩！快来！快来！"的时候，我的游黄山的梦也被惊醒了，急忙赶上去一看，果然觉得西面的层岩绝壁，还要高，还要复杂。并且太阳也已经斜到了离西面各山峰不远几尺的地步，我们今天还非得赶回休宁，赶回屯溪去宿不可，黄山当然是不必提起，就是这齐云之西的三姑，五老，独耸，天柱诸峰，以及西天门外的九井桥岩，傅岩诸胜景，也只得割爱了，一边跑，一边我只在恨今天的太阳落去得太快。

沿壁向西，又曲折回旋地走了二里多路，重看了些冲天的石壁，同珍珠帘上的样子一样的危岩，摩崖的大字，以及正德嘉靖万历崇祯的石碣和碑文，到了一处路径有点儿略往下降的地方，大家就立定了脚，因为再走过去，风景一定还要好，结果就要弄得大家非在这荒山里过夜不可。走了半天，我们对于这齐云的仙境，大约总只走尽了五分之二三的地方。虽则两只脚已经是走得很酸痛，肚子里也已经是咕咕地在叫饿，但到了下山的路上，坐入轿子去的时候，大家却不约而同的喊了出来说："今天的一天总算是值得得很！看了齐云，游了白岳，就是黄山不去，也可以向人说说的了。"

轿子回到休宁，总约莫是将近二更，汽车把我们在屯溪站卸下来的时候，连市上的灯火都将熄尽快了，这一次西游的这一个末日，我们总算有益地利用到了百分之百。

一九三四年四月二十九日

屯溪夜泊记

　　屯溪是安徽休宁县属的一个市镇，虽然居民不多——人口大约最多也不过一二万——工厂也没有，物产也并不丰富，但因为地处在婺源，祁门，黟县，休宁等县的众水汇聚之乡，下流成新安江，从前陆路交通不便的时候，徽州府西北几县的物产，全要从这屯溪出去，所以这个小镇居然也成了一个皖南的大码头，所以它也就有了小上海的别名。"生意兴隆通四海，财源茂盛达三江"，这一副最普通的联语，若拿来赠给屯溪，倒也很可以指示出它的所以得繁盛的原委。

　　我们的飘泊到屯溪去，是因为东南五省交通周览会的邀请，打算去白岳、黄山看一看风景；而又蒙从前的徽州府现在的歙县县长的不弃，替我们介绍了一家徽州府里有名的实在是龌龊得不堪的宿夜店，觉得在徽州是怎么也不能够过夜了，所以才夜半开车，闯入了这小上海的屯溪市里。

　　虽则小上海，可究竟和大上海有点不同，第一，这小上海所有的旅馆，就只有大上海的五万分之一。我们在半夜的混沌里，冲到了此地，投各家旅馆，自然是都已经客满了，没有办法，就只好去投奔公安局——这公安局却是直系于省会的一个独立机关，是屯溪市上，最大并且也是唯一的行政司法以及维持治安的公署，所以尽抵得过清朝的一个州县——请他们来救济，我们提出的办法，是要他们去为我们租借一只大船来权当宿舍。

这交涉办到了午前的一点，才兹办妥，行李等物，搬上船后，舱铺清洁，空气通畅，大家高兴了起来，就交口称赞语堂林氏的有发明的天才，因为大家搬上船上去宿的这一件事情，是语堂的提议，大约他总也是受了天随子陆龟蒙①或八旗名士宗室宝竹坡的影响无疑。

浮家泛宅，大家联床接脚，在篾篷底下，洋油灯前，谈着笑着，悠悠入睡的那一种风情，倒的确是时代倒错的中世纪的诗人的行径。那一晚，因为上船得迟了，所以说废话说不上几刻钟，一船里就呼呼地充满了睡声。

第二天，天下了雨；在船上听雨，在水边看雨的风味，又是一种别样的情趣，因为天雨，旅行当然是不行，并且林、潘、全、叶的四位，目的是只在看看徽州，与自杭州至徽州的一段公路的，白岳黄山，自然是不想去的了，只教天一放晴，他们就打算回去，于是乎我们便有了一天悠闲自在的屯溪船上的休息。

屯溪的街市，是沿水的两条里外的直街，至西面而尽于屯浦，屯浦之上是一条大桥，过桥又是一条街，系上西乡去的大路。是在这屯浦桥附近的几条街上，由他们屯溪人看来，觉得是完全毛色不同的这一群丧家之犬，尽在那里走来走去的走。其实呢，我们的泊船之处，就在离桥不远的东南一箭之地，而寄住在船上，却有两件大事，非要上岸去办不可，就是，一，吃饭，

---

① 陆龟蒙，字鲁望，姑苏（今江苏苏州）人，晚唐文学家。

二，大便。

况且，人又是好奇的动物，除了睡眠，吃饭，排泄以外，少不得也要使用使用那两条腿，于必要的事情之上，去做些不必要的事情；于是乎在江边的那家饭馆延旭楼即紫云馆，和那座公坑所①，当然是可以不必说，就是一处贩卖破铜烂铁的旧货铺，以及就开在饭馆边上的一家假古董店，也突然地增加了许多顾客。我在旧货铺里，买了一部歙县吴殿麟的《紫石泉山房集》，语堂在那家假古董店里，买了些桃核船，翡翠，琥珀，以及许多碎了的白磁。大家回到船上研究将起来，当以两毛钱买的那些点点的磁片，最有价值，因为一只纤纤的玉手，捏着的是一条粗而且长，头如松菌的东西，另外的一条三角形的尖粽而带着微有曲线的白柄者，一定是国货的小脚；这些碎磁，若不是康熙，总也是乾隆，说不定，恐怕还是前朝内府坤宁宫里的珍藏。仔细研究到后来，你一言，我一语，想入非非，笑成一片，致使这一个水上小共和国里的百姓们，大家都堕落成了群居终日，专为不善的小人团。

早午饭吃后，光旦、秋原等又坐了车上徽州去了，语堂、增嘏，歪身倒在床上看书打瞌睡，只有被鬼附着似地神经质的我，在船里觉得是坐立都不能安，于是乎只好着了雨鞋，张着雨伞，再上岸去，去游屯溪的街市。

雨里的屯溪，市面也着实萧条。从东面有一块枪毙红丸犯②处的木牌立着的地方起，一直到西尽头的屯浦桥附近为止，来回走了两遍，路上遇着的行人，数目并不很多，比到大上海的中心

---

① 公坑所，公共厕所。
② 红丸犯，指跟晚明所谓"红丸案"有关的罪犯。

街市，先施、永安下那块地方的人海人山，这小上海简直是乡村角落里了。无聊之极，我就爬上了市后面的那一排小山之上，打算对屯溪全市，作一个包罗万象的高空鸟瞰。

市后的小山，断断续续，一连倒也有四五个山峰。自东而西，俯瞰了屯溪市上的几千家人家，以及人家外围，贯流在那里的三四条溪水之后，我的两足，忽而走到了一处西面离桥不远的化山的平顶。顶上的石柱石磉石梁，依然还在，然而一堆瓦砾，寸草不生，几只飞鸟，只在乱石堆头慢声长叹。我一个人看看前面天主堂界内的杂树人家，和隔岸的那条同金字塔样的狮子（俗称扁担）石山，觉得阴森森毛发都有点直竖起来了，不得已就只好一口气的跳下了这座在屯溪市是地点风景最好也没有的化山。后来上桥头的酒店里去坐下，向酒保仔细一探听，才晓得民国十八年的春天，宋老五带领了人马，曾将这屯溪市的店铺民房，施行了一次火洗，那座化山顶上的化山大寺，也就是于这个时候被焚化了的。那时候未被烧去而仅存者，只延旭楼的一间三层的高阁和天主堂内的几间平房而已。

在酒店里，和他们谈谈说说，我只吃了一碟炒四件，一斤杂有泥沙的绍兴酒，算起帐来，竟被敲去了两块大洋，问"何以会这么的贵？"回答说"本地人都喝的歙酒，绍兴酒本来是很贵的。"这小上海的商家，别的上海样子倒还没有学好，只有这一个欺生敲诈的门径，却学得来青胜于蓝了，也无怪有人告诉我说，屯溪市上，无论哪一家大商店，都有讨价还价，就连一盒火柴，一封香烟，也有生人熟面的市价的不同。

傍晚四五点的时候，去徽州的大队人马回来了，一同上延旭楼去吃过晚饭，我和秋原、增嘏、成章四人，在江岸的东头走走，恰巧遇见了一位自上海来此的象白相人那么的汽车小商人。

他于陪我们上游艺场去逛了一遍之余，又领我们到了一家他的旧识的乐户人家。姑娘的名号现在记不起来了，仿佛是翠华的两字，穿着一件黑绒的夹袄，镶着一个金牙齿，相貌倒也不算顶坏，听了几句徽州戏，喝了一杯祁门茶后，出到了街上，不意斗头又遇见了三位装饰时髦到了极顶，身材也窈窕可观的摩登美妇人。那一位引导者，和她们也似乎是素熟的客人，大家招呼了一下走散之后，他就告诉了我们以她们的身世。她们的前身，本来是上海来游艺场献技的坤角，后来各有了主顾，唱戏就不唱了。不到一年，各主顾忽又有了新恋，她们便这样的一变，变作了街头的神女。① 这一段短短的历史，简单虽也简单得很，但可惜我们中间的那位江州司马没有同来，否则倒又有一篇《琵琶行》好做了。在微雨黄昏的街上走着，他还告诉了我们这里有几家头等公娼，几家二等花茶馆，几家三等无名窟，和诨名"屯溪之王"的一家半开门。

回到了残灯无焰的船舱之内，向几位没有同去的诗人们报告了一番消息，余事只好躺下去睡觉了，但青衫憔悴的才子，既遇着了红粉飘零的美女，虽然没有后花园赠金，妓堂前碰壁的两幕情景，一首诗却是少不得的；斜依着枕头，合着船篷上的雨韵，哼哼唧唧，我就在朦胧的梦里念成了一首："新安江水碧悠悠，两岸人家散若舟，几夜屯溪桥下梦，断肠春色似扬州。"的七言绝句。这么一来，既有了佳人，又有了才子，煞尾并且还有着这一个有诗为证的大团圆，一出屯溪夜泊的传奇新剧本，岂不就完全成立了么？

一九三四年五月

---

① 神女，这里有浪荡女郎之意。

西溪的晴雨

西北风未起，蟹也不曾肥，我原晓得芦花总还没有白，前两星期，源宁来看了西湖，说他倒觉得有点失望，因为湖光山色，太整齐，太小巧，不够味儿，他开来的一张节目上，原有西溪的一项；恰巧第二天又下了微雨，秋原①和我就主张微雨里下西溪，好叫源宁去尝一尝这西湖近旁的野趣。

天色是阴阴漠漠的一层，湿风吹来，有点儿冷，也有点儿香，香的是野草花的气息。车过方井旁边，自然又下车来，去看了一下那座天主圣教修士们的古墓。从墓门望进去，只是黑沉沉，冷冰冰的一个大洞，什么也看不见，鼻子里却闻吸到了一种霉灰的阴气。

把鼻子掀了两掀，耸了一耸肩膀，大家都说，可惜忘记带了电筒，但在下意识里，自然也有一种恐怖、不安、和畏缩的心意，在那里作恶，直到了花坞的溪旁，走进窗明几净的静莲庵（？）堂去坐下，喝了两碗清茶，这一些鬼胎，方才洗涤了个空空

———————

① 秋原，指叶秋原。

脱脱。

游西溪，本来是以松木场下船，带了酒盒行厨，慢慢儿地向西摇去为正宗。象我们那么高坐了汽车，飞鸣而过古荡、东岳，一个钟头要走百来里路的旅客，终于是难度的俗物，但是俗物也有俗益，你若坐在汽车里，引颈而向西向北一望，直到湖州，只见一派空明，遥盖在淡绿成阴的斜平海上；这中间不见水，不见山，当然也不见人，只是渺渺茫茫，青青绿绿，远无岸，近亦无田园村落的一个大斜坡，过秦亭山后，一直到留下为止的那一条沿山大道上的景色，好处就在这里，尤其是当微雨朦胧，江南草长的春或秋的半中间。

从留下下船，回环曲折，一路向西向北，只在芦花浅水里打圈圈；圆桥茅舍，桑树蓼花，是本地的风光，还不足道；最古怪的，是剩在背后的一带湖上的青山，不知不觉，忽而又会得移上你的面前来，和你点一点头，又匆匆的别了。

摇船的少女，也总好算是西溪的一景；一个站在船尾把摇橹，一个坐在船头上使桨，身体一伸一俯，一往一来，和橹声的咿呀，水波的起落，凑合成一大又圆又曲的进行软调；游人到此，自然会想起瘦西湖边，竹西歌吹的闲情，[①] 而源宁昨天在漪园月下老人祠里求得的那枝灵签，仿佛是完全的应了，签诗的语文，是《鄘风桑中》章末后的三句，叫做"期我乎桑中，要我乎上宫，送我乎淇之上矣。"

此后便到了交芦庵，上了弹指楼，因为是在雨里，带水拖泥，终于也感不到什么的大趣，但这一天向晚回来，在湖滨酒楼上放谈之下，源宁却一本正经地说："今天的西溪，却比昨日的

---

① 瘦西湖，竹西歌吹的闲情，这里泛指扬州风光。

西湖，要好三倍。”

前天星期假日，日暖风和，并且在报上也曾看到了芦花怒放的消息，午后日斜，老龙夫妇，又来约去西溪，去的时候，太晚了一点，所以只在秋雪庵的弹指楼上，消磨了半日之半。一片斜阳，反照在芦花浅渚的高头，花也并未怒放，树叶也不曾凋落，原不见秋，更不见雪，只是一味的晴明浩荡，飘飘然，浑浑然，洞贯了我们的肠腑，老僧无相，烧了面，泡了茶，更送来了酒，末后还拿出了纸和墨，我们看看日影下的北高峰，看看庵旁边的芦花荡，就问无相，花要几时才能全白？老僧操着缓慢的楚国口音，微笑着说：“总要到阴历十月的中间；若有月亮，更为出色。”说后，还提出了一个交换的条件，要我们到那时候，再去一玩，他当预备些精馔相待，聊当作润笔，可是今天的字，却非写不可，老龙写了“一剑横飞破六台，万家憔悴哭三吴”的十四个字，我也附和着抄了一副不知在哪里见过的联语：“春梦有时来枕畔，夕阳依旧上帘钩。”

喝得酒醉醺醺，走下楼来，小河里起了晚烟，船中间满载了黑暗，龙妇又逸兴遄飞，不知上哪里去摸出了一枝洞箫来吹着。“其声呜呜然，如怨如慕，如泣如诉，余音袅袅，不绝如缕”，[1]倒真有点象是七月既望[2]，和东坡在赤壁的夜游。

一九三五年十月二十二日

---

[1] 引自宋代文学家苏东坡的《赤壁赋》。
[2] 七月既望，阴历七月十六。

闽游滴沥之二

曾经到过福州的一位朋友写信来，说福建留在他脑子里的印象，依次序来排列，当为：第一山水，第二少女，第三饮食，第四气候。福建的山水，实在也真美丽；北峙仙霞，西耸武夷，蜿蜒东南直下，便分成无数的山区。地气温暖，微雨时行，以致山间草木，一年中无枯萎的时候。最奇怪的，是梅花开日，桃李也同时怒放；相思树、荔枝树、榕树、杜松之属，到处青葱欲滴，即在寒冬，亦象是首夏的样子。

闽江发源浦城县北渔梁山下，亦称建溪，又叫剑江，更有一个西江的别号；大抵随地易名，到处收纳清溪小水，曲折而达福州，更从南台折而向东向南，以入于海。水色的清，水流的急，以及湾处江面的宽，总之江上的景色，一切都可以做一种江水的秀逸的代表；扬子江没有她的绿，富春江不及她的曲，珠江比不上她的静。人家在把她譬作中国的莱茵①，我想这譬喻总只有过之，决不会得不及。

---

① 莱茵，指欧洲的莱茵河。

　　你试想想，福建既有了那么些个山，又有了这么大的一条水，盘旋环绕，终岁绿成一片，自然的风景，哪里还会得比别处更差一点儿？然而"逢人都问武夷山"，仿佛是福建的景致，只限在闽西崇安的一角，除了九曲的清溪，三十六峰的崇山峻岭而外，别的就不足道似的，这又是什么缘故？想来想去，我想最大的原因，总还是在古代交通的不便。因为交通不便之故，所以外省的人士，很少有得到福建来的；一二个驰骋中原的闽中骚客，懒得把乌龟山、蛇山、老虎山、狮子山等小山浅水，一一的列举出来，就只言其大者著者的武夷山来包括一切；于是外面的人，只晓得福建仅有武夷的三三六六，而返射过来，福建人也只知道唯有武夷山是值得向人夸说的了。其实呢，在闽江的两岸，以及从闽东直下，一直至诏安和广东接壤的海滨一带，都是无山不秀，无水不奇的地方；要取景致，非但是十景八景，可以随手而得，就是千景万景，也不难给取出很风雅很好听的名字来，如我们故乡西湖上的平湖秋月、苏堤春晓之类。①

　　说虽则如此的说，但因尘事的劳人，闽南闽北，直到今日，我终还没有去过，所以详细的记叙，只好等诸异日；现在只能先从实地见过到过的地方说起，还是来记一点福州以及附廓的山川大略吧。

　　周亮工的《闽小记》②，我到此刻为止，也还不曾读过；但正在托人搜访，不知他所记的究竟是些什么。以我所见到的闽中册籍，以及近人的诗文集子看来，则福州附廓的最大名山，似乎是去东门外一二十里地远的鼓山。闽都地势，三面环山，中流一

---

①　平湖秋月，苏堤春晓，西湖美景。
②　周亮工的《闽小记》，周亮工，明末清初人，清初曾在福建做官。《闽小记》中记述了福建的风土人情、物产及掌故等。

水，形状绝象是一把后有靠背左右有扶手的太师椅子。若把前面的照山，也取在内，则这一把椅子，又象是面前有一横档，给一二岁的小孩坐着玩的高椅了。两条扶手的脊岭，西面一条，是从延平东下，直到闽侯结脉的旗山；这山隔着江水，当夕阳照得通明，你站上省城高处，障手向西望去，原也看得浓紫细缊；可是究竟路隔得远了一点，可望而不可即，去游的人，自然不多。东面的一条扶手，本由闽侯北面的莲花山分脉而来，一支直驱省城，落北而为屏山，就成了上面的一座镇海楼镇着的省城座峰；一支分而东下，高至二千七八百尺，直达海滨，离城最远处，也不过五六十里，就是到过福州的人，无不去登，没有到过福州的人，也无不闻名的鼓山了。鼓山自北而东而南，绵亘数十里，襟闽江而带东海，且又去城尺五，城里的人，朝夕偶一抬头，在无论什么地方，都看得见这座头上老有云封，腰间白墙点点的瑰奇屏障。所以到福州不久，就有友人，陪我上山去玩；玩之不足，第二次并且还去宿了一宵。

鼓山的成分，当然也和别的海边高山一样，不外乎是些岩石泥沙树木泉水之属；可是它的特异处，却又奇怪得很，似乎有一位同神话里老出来的艺术巨人，把这些大石块、大泥沙，以及树木泉流，都按照了多样合致的原理，细心堆叠起来的样子。

坐汽车而出东城，三十分钟就可以到鼓山脚下的白云廨门口；过闽山第一亭，涉利见桥，拾级盘旋而上，穿过几个亭子，就到半山亭了；说是半山，实在只是到山腰涌泉寺的道路的一半，到最高峰的屴崱①——俗称卓顶——大约总还有四分之三的路程。走过半山亭后，路也渐平，地也渐高，回眸四望，已经看

———————————

① 屴崱，山峰高耸的样子，这里指山顶。

得见闽江的一线横流，城里的人家春树，与夫马尾口外，海面上的浩荡的烟岚。路旁山下，有一座伟大的新坟，深藏在小山的怀里，是前主席杨树庄的永眠之地；过更衣亭、放生池后，涌泉寺的头山门牌坊，就远远在望了，这就是五代时闽王所创建的闽中第一名刹，有时候也叫作鼓山白云峰涌泉院的选佛大道场。

涌泉寺的建筑布置，原也同其他的佛地丛林一样，有头山门、二山门、钟鼓楼、天王殿、大雄宝殿、后大殿、藏经楼、方丈室、僧寮客舍、戒堂、香积厨等等，但与别的大寺院不同的，却有三个地方。第一，是大殿右手厢房上的那一株龙爪松；据说未有寺之先，就有了这一株树，那么这棵老树精，应该是五代以前的遗物了，这当然是只好姑妄听之的一种神话；可是松枝盘曲，苍翠盖十余丈周围，月白风清之夜，有没有白鹤飞来，我可不能保，总之以躯干来论它的年纪，大约总许有二三百岁的样子。第二，里面的一尊韦驮菩萨，① 系跷起了一只脚，坐在那里的。关于这镇坐韦驮的传说，也是一个很有趣味的故事，现在只能含混的重述一下，作未曾到过鼓山的人的笑谈，因为和尚讲给我听的话，实际上我也听不到十分之二三，究竟对与不对，还须去问老住鼓山的人才行。

——从前，一直在从前，记不清是那一朝的那一年了，福建省闹了水荒呢也不知旱荒；有一位素有根器的小法师，在这涌泉寺里出了家，年龄当然还只有十一二岁的光景。在这一个食指众多的大寺院里，小和尚当然是要给人家虐待、奚落、受欺侮的。荒年之后，寺院里的斋米完了，本来就待这小和尚不好的各年长师兄们，因为心里着了急，自然更要虐待虐待这小师弟，以出出

①　韦驮，亦称韦天将军，为佛教护法天神。

他们的气。有一天风雨雷鸣的晚上，小和尚于吞声饮泣之余，双眼合上，已经朦胧睡着了，忽而一道红光，照射斗室，在他的面前，却出现了那位金身执杵的韦驮神。他微笑着对小和尚说，"被虐待者是有福的，你明天起来，告诉那些虐待你的众僧侣吧，叫他们下山去接收谷米去；明天几时几刻，是有一个人会送上几千几百担的米来的。"第二天天明，小和尚醒了，将这一个梦告诉了大家；大家只加添了些对他的揶揄，哪里能够相信？但到了时候，小和尚真的绝叫着下山去了，年纪大一点的众僧侣也当作玩耍似的嘲弄着他而跟下了山。但是，看呀！前面起的灰尘，不是运米来的车子么？到得山下，果然是那位城里的最大米商人送米来施舍了。一见小和尚合掌在候，他就下车来拜，嘴里还喃喃的说："活菩萨，活菩萨，南无阿弥陀佛，救了我的命，还救了我的财。"原来这一位大米商，因鉴于饥馑的袭来，特去海外贩了数万斛的米，由海船运回到福建来的。但昨天晚上，将要进口的时候，忽而狂风大雨，几几乎把海船要全部的掀翻。他在舱里跪下去热心祈祷，只希望老天爷救救他的老命，过了一会，霹雳一声，栏杆上出现了两盏红灯，红灯下更出现了那一位金身执杵的韦驮大天君。怒目而视，高声而叱，他对米商人说："你这一个剥削穷民、私贩外米的奸商，今天本应该绝命的；但念你祈祷的诚心，姑且饶你。明朝某时某刻，你要把这几船米的全部，送到鼓山寺去。山下有一位小法师合掌在等的，是某某菩萨的化身，你把米全交给他吧！"说完不见了韦驮，也不见了风云雷雨，青天一抹，西边还现出了一规残夜明时的月亮。

众僧侣欢天喜地，各把米搬上了山，放入了仓；而小和尚走回殿来，正想向韦驮神顶礼的时候，却看见菩萨的额上，流满了辛苦的汗，袍甲上也洒满了雨滴与浪花。于是小和尚就跪下去说：“菩萨，你太辛苦了，你且坐下去歇息吧！”本来是立着的韦驮神，就突然地跷起了脚，坐下去休息了……

涌泉寺的第三个特异之处，真的值得一说的，却是寺里宝藏着的一部经典。这一部经文，前两年日本曾有一位专门研究佛经的学者，来住寺影印，据说在寺里寄住工作了两整年，方才完工，现在正在东京整理。若这影印本整理完后，发表出来，佛学史上，将要因此而起一个惊天动地的波浪，因为这一部经，是天上天下，独一无二的宝藏，就是在梵文国的印度，也早已绝迹了的缘故。此外还有一部血写的金刚经，和几叶菩提叶画成的藏佛，以及一瓶舍利子，也算是这涌泉寺的寺宝，但比起那一部绝无仅有的佛典来，却谈不上了。我本是一个无缘的众生，对佛学全没有研究，所以到了寺里，只喜欢看那些由和尚尼姑合拜的万佛胜会，寺门内新在建筑的回龙阁，以及大雄宝殿外面广庭里的那两枝由海军制造厂奉献的铁铸灯台之类，经典终于不曾去拜观。可是庙貌的庄严伟大，山中空气的幽静神奇，真是别一个境界，别一所天地；凡在深山大寺，如广东的鼎湖山，浙江的天目山、天台山等处所感得到的一种绝尘超世、缥缈凌云之感，在这里都感得到，名刹的成名，当然也不是一件偶然的事情。

一九三六年三月在福州

马六甲游记

为想把满身的战时尘滓暂时洗刷一下，同时，又可以把个人的神经，无论如何也负担不起的公的私的积累清算一下之故，毫无踌躇，飘飘然驶入了南海的热带圈内，如醉如痴，如在一个连续的梦游病里，浑浑然过去的日子，好象是很久很久了，又好象是有一日一夜的样子。实在是，在长年如盛夏，四季不分明的南洋过活，记忆力只会一天一天的衰弱下去，尤其是关于时日年岁的记忆，尤其是当踏上了一定的程序工作之后的精神劳动者的记亿。

某年月日，为替一爱国团体上演《原野》① 而揭幕之故，坐了一夜的火车，从新加坡到了吉隆坡。在卧车里鼾睡了一夜，醒转来的时候，填塞在左右的，依旧是不断的树胶园，满目的青草地，与在强烈的日光里反射着殷红色的墙瓦的小洋房。

揭幕礼行后，看戏看到了午夜，在李旺记酒家吃了一次朱植

---

① 《原野》，曹禺于 1936 年所写的剧本，共三幕。内容为农民仇虎复仇，故事具有表现主义艺术风格。

生先生特为筹设的消夜筵席之后，南方的白夜，也冷悄悄的酿成了一味秋意；原因是由于一阵豪雨，把路上的闲人，尽催归了梦里，把街灯的玻璃罩，也洗涤成了水样的澄清。倦游人的深夜的悲哀，忽而从驶回逆旅的汽车窗里，露了露面，仿佛是在很远很远的异国，偶尔见到了一个不甚熟悉的同坐过一次飞机或火车的偕行伙伴。这一种感觉，已经有好久好久不曾尝到了，这是一种在深夜当游倦后的哀思啊！

第二天一早起来，因有友人去马六甲之便，就一道坐上汽车，向南偏西，上山下岭，尽在树胶园椰子林的中间打圈圈，一直到过了丹平的关卡以后，样子却有点不同了。同模型似地精巧玲珑的马来人亚答屋的住宅，配合上各种不同的椰子树的阴影，有独木的小桥，有颈项上长着双峰的牛车，还有负载着重荷，在小山坳密林下来去的原始马来人的远景，这些点缀，分明在告诉我，是在南洋的山野里旅行。但偶一转向，车驶入了平原，则又天空开展，水田里的稻秆青葱，田塍树影下，还有一二皮肤黝黑的农夫在默默地休息，这又象是在故国江南的旷野，正当五六月耕耘方起劲的时候。

到了马六甲，去海滨"彭大希利"的莱斯脱好坞斯（Rest House）① 去休息了一下，以后，就是参观古迹的行程了。导我们的先路的，是由何葆仁先生替我们去邀来的陈应桢、李君侠、胡健人等几位先生。

我们的路线，是从马六甲河西岸海滨的华侨银行出发，打从圣弗兰雪斯教堂的门前经过，先向市政厅所在的圣保罗山，亦叫作升旗山的古圣保罗教堂的废墟去致敬的。

---

① 莱斯脱好坞斯，英语 Rest House 的音译，译为休息室。

这一块周围仅有七百二十英里方的马六甲市，在历史上、传说上，却是马来半岛，或者也许是南洋群岛中最古的地方，是在好久以前，就听人家说过的。第一，马六甲的这一个马来名字的由来，据说就是在十四世纪中叶，当新加坡的马来人，被爪哇西来的外人所侵略，酋长斯干达夏率领群众避至此地，息树荫下，偶问旁人以此树何名，人以"马六甲"对，于是这地方的名字，就从此定下了。而这一株有五六百年高寿的马六甲树，到现在也还婆娑独立在圣保罗的山下那一个旧式栈桥接岸的海滨。枝叶纷披，这树所覆的荫处，倒确有一连以上的士兵可扎营。

此外，则关于马六甲这名字的由来，还有酋长见犬鹿相斗，犬反被鹿伤的传说；另一说：则谓马六甲，系爪哇语"亡命"之意。或谓系爪哇人称巨港之音，巫来由即马六甲之变音。

这些倒还并不相干，因为我们的目的，只想去瞻仰那些古时遗下来的建筑物，和现时所看得到的风景之类；所以一过马六甲河，看见了那座古色苍然的荷兰式的市政厅的大门，就有点觉得在和数世纪前的彭祖老人①说话了。

这一座门，尽以很坚强的砖瓦叠成，象低低的一个城门洞的样子；洞上一层，是施有雕刻的长方石壁，再上面，却是一个小小的钟楼似的塔顶。

在这里，又不得不简叙一叙马六甲的史实了：第一，这里当然是从新加坡西来的马来人所开辟的世界，这是在十四世纪中叶的事情。在这先头，从宋代的中国册籍《诸藩志》里②，虽可以见到巨港王国的繁荣，但马六甲这一名，却未被发现。到了明

---

① 彭祖老人，彭祖，传说中人物。旧时以他为长寿的象征。
② 《诸藩志》，即《诸蕃志》，南宋地理著作，赵汝适撰。

朝，郑和下南洋的前后，马六甲就在中国书籍上渐渐知名了，这是十四世纪末叶的事情。在十六世纪初年，葡萄牙人第奥义·洛泊斯·特色开拉——（Diogo Lopez de Segueira）率领五艘海船到此通商，当为马六甲和西欧交通的开始时期。一千五百十一年，马六甲被亚儿封所·达儿勃开儿克（Alfonso dal Bugergue）所征服以后，南洋群岛就成了葡萄牙人独占的市场。其后荷兰继起，一千六百四十一年，马六甲便归入了荷人的掌握；现在所遗留的马六甲的史迹，以荷兰人的建筑物及墓碑为最多的原因，实在因为荷兰人在这里曾有过一百多年繁荣的历史的缘故。一七九五年，当拿破仑战争未息之前，马六甲管辖权移归了英国东印度公司①。一八一五年因维也纳条约②的结果，旧地复归还了荷属，等一八二四年的伦敦会议以后，英国终以苏门答腊③和荷兰换回了这马六甲的治权。

关于马六甲的这一段短短的历史，简叙起来，也不过数百字的光景，可是这中间的杀伐流血，以及无名英雄的为国捐躯，为公殉义的伟烈丰功，又有谁能够仔细说得尽哩！

所以，圣保罗山下的市政厅大门，现在还有人在叫作"斯泰脱乎斯"的大门的，"斯泰脱乎斯"者，就是荷兰文——Stadt-Huys 的遗音，也就是英文 Town-House 或 City-House 的意思④。

我们从市政厅的前门绕过，穿过图书馆的二楼，上阅兵台，到了旧圣保罗教堂的废墟门外的时候，前面那望楼上的旗帜已经

---

① 英国东印度公司，17～19 世纪中叶，英国政府特许设立的对东方进行垄断贸易和殖民事业的组织。

② 维也纳条约，指维也纳会议上签署的条约。这次会议是欧洲各国为结束反拿破仑战争，在维也纳召开的国际会议。

③ 苏门答腊，印度尼西亚西部大岛。作者在太平洋战争期间曾隐姓埋名于此。

④ Town-House 或 City-House，英语，市政厅。

在收下来了，正是太阳平西，将近午后四点钟的样子。伟大的圣保罗教堂，就单单只看了它的颓垣残垒，也可以想见得到当日的壮丽堂皇。迄今四五百年，雨打风吹，有几处早已没有了屋顶，但是周围的墙壁，以及正殿中上一层的石屋顶，仍旧是屹然不动，有泰山磐石般的外貌。我想起了三宝公①到此地时的这周围的景象，我又想起了我们大陆国民不善经营海外殖民事业的缺憾；到现在被强邻压境，弄得半壁江山，尽染上腥污，大半原因，也就在这一点国民太无冒险心，国家太无深谋远虑的弱点之上。

市政厅的建筑全部，以及这圣保罗山的废墟，听说都由马六甲的史迹保存会的建议，请政府用意保护着的；所以直到了数百年后的今日，我们还见得到当时的荷兰式的房屋，以及圣保罗教堂里的一个上面盖有小方格铁板的石穴。这石穴的由来，就因十六世纪中叶的圣芳济（St. Francis Xavier）去中国传教，中途病故，遗体于运往卧亚（Goa）② 之前，曾在此穴内埋葬过五个月（一五五三年三月至同年八月）的因缘。废墟的前后，尽是坟茔，而且在这废墟的堂上，圣芳济遗体虚穴的周围，也陈列着许多四五百年以前的墓碑。墓碑之中，以荷兰文的碑铭为最多，其间也还有一两块葡萄牙文的墓碑在哩！

参观了这圣保罗山以后，我们的车就遵行着"彭大希利"的大道，驶向了东面圣约翰山的故垒。这山头的故垒，还是葡萄牙人的建筑，炮口向内，用意分明是防止本土人的袭击的，炮垒中的堑壕坚强如故；听说还有一条地道，可以从这山顶通行到海边福脱路的旧叠门边。这时候夕阳的残照，把海水染得浓蓝，把这

① 三宝公，郑和。
② 卧亚（Goa），今译果阿，属印度。

一座故垒，晒得赭黑，我独立在雉堞的缺处，向东面远眺了一回马来亚南部最高的一支远山，就也默默地想起了萨雁门①的那一首"六代豪华，春去也，更无消息"的金陵怀古之词。

从圣约翰山下来，向南洋最有名的那一个飞机型的新式病院前的武极巴拉（Bukit Palah）山下经过，赶上青云亭的坟山，去向三宝殿致敬的时候，平地上已经见不到阳光了。

三宝殿在青云亭坟山三宝山的西北麓，门朝东北，门前几棵红豆大树作旗幛。殿后有三宝井，听说井水甘冽，可以治疾病，市民不远千里，都来灌取。坟山中的古墓，有皇明碑纪的，据说现尚存有两穴。但我所见到的却是坟山北麓，离三宝殿约有数百步远的一穴黄氏的古茔。碑文记有"显考维弘黄公，妣寿妲谢氏墓，皇明壬戌仲冬谷旦，孝男黄子、黄辰同立"字样，自然是三百年以前，我们同胞的开荒远祖了。

晚上，在何葆仁先生的招待席散以后，我们又上中国在南洋最古的一间佛庙青云亭去参拜了一回。青云亭是明末遗民，逃来南洋，以帮会势力而扶植侨民利益的最古的一所公共建筑物。这庙的后进，有一神殿，供着两位明代表冠，发须楚楚的塑像，长生禄位牌上，记有开基甲国的甲必丹芳杨郑公及继理宏业的甲必丹君常李公的名字；在这庙的旁边一间碑亭里，听说还有两块石碑树立在那里，是记这两公的英伟事迹的，但因为暗夜无灯，终于没有拜读的机会。

走马看花，马六甲的五百年的古迹，总算匆匆地在半天之内看完了。于走回旅舍之前，又从歪斜得如中国街巷一样的一条娘

---

① 萨雁门，即萨都剌，字天锡，号直斋，元代诗人。金陵怀古，指萨都剌所作的《满江红·金陵怀古》。

惹街头经过，在昏黄的电灯底下谈着走着，简直使人感觉到不象是在异邦飘泊的样子。马六甲实在是名符其实的一座古城，尤其是从我们中国人看来。

回旅舍洗过了澡，含着纸烟，躺在回廊的藤椅上举头在望海角天空的时候，从星光里，忽而得着了一个奇想。譬如说吧，正当这一个时候，旅舍的侍者，可以拿一个名刺①，带领一个人进来访我。我们中间可以展开一次上下古今的长谈。长谈里，可以有未经人道的史实，可以有悲壮的英雄抗敌的故事，还可以有缠绵哀艳的情史。于送这一位不识之客去后，看看手表，当在午前三四点钟的时候。我倘再回忆一下这一位怪客的谈吐、装饰，就可以发现他并不是现代的人。再寻他的名片，也许会寻不着了。第二天起来，若问侍者以昨晚你带来见我的那位客人（可以是我们的同胞，也可以是穿着传教师西装的外国人），究竟是谁？侍者们都可以一致否认，说并没有这一回事。这岂不是一篇绝好的小说么？这小说的题目，并且也是现成的，就叫作《古城夜话》或《马六甲夜话》，岂不是就可以了么？

我想着想着，抽尽了好几支烟卷，终于被海风所诱拂，沉入到忘我的梦里去了。第二天的下午，同样的在柏油大道上飞驰了半天，在麻坡与峇株巴辖过了两渡，当黄昏的阴影盖上柔佛长堤桥面的时候，我又重回到了新加坡的市内。《马六甲夜话》、《古城夜活》，这一篇——Imaginary Conversations②——幻想中的对话录，我想总有一天会把它纪叙出来。

---

① 名刺，名片。
② Imaginary Conversations 英语，即文中所译的"幻想中的对话录"。

按：马六甲树为一种小乔木，属大戟科（EuPhor-Biace-ac）俗传马六甲海滨之大树为马六甲树，实属误会。马六甲树学名有三：一曰 Emblic Officinais，Gaertu，一曰 Eubic Pect-inata，Prdl，一曰 Phyllamthus emblic，Linn 巫名 Melaka 或 Malaka（源出梵文），俗作 Kaya Laka，-Laka-La-ka，Joalong（或为 Dulang 之讹。Semang 语作 Kik，爪哇语作 Kemlak，巽他语作 Malaka；苏门答腊作 Balaka 或 Bal-akgka；暹语作 Kam Taut，Makam Paun，Makam Pawai。其树遍生南洋各地，果实奇渍食，亦可入药。干果可愈赤痢，敷于首可医头痛，亦可作吐剂。印人常以其汁治胃弱并道泻，外用可治关骨；发酵复能治黄胆病，咳嗽及消化不良。鲜果可为泻剂。其叶入药，可治寒热。树皮入药，可治象之胃疾。其木亦成材。又实、叶、树皮复皆可为染料。

广州事情

人类社会，在无论如何的状态之下，总是有进步的。譬如一条冰河，面上虽则冻有极厚的层冰，然而只教这冻不是连底冻，那么底下的水，一定还是在流动着，这流动仍旧是进步。中国自从辛亥革命以后，虽则战乱迭起，民不聊生，然而中华民族，还没有死尽，不管它几次袭来的朔风雨雪，民众在表面上虽已受了不少的摧残挫折，但实际上一般国民的思想行为，还是在向新的方面跑，还是在著著进步。

若要求中华民族进步的证据，但倾向广东一看，就可以知道。中山先生在广东经营以来，曾几何时，而现在的东南天下，已全部受他的感化了。不过人类的欲望的进步，比实际的进步还要快，我们的理想的飞跃，决不是特别快车或最大的飞机所能赶得上。所以在此地，我们要许多文化批评家、政治批评家出来努力，把他们的理想，全部揭发出来，把未来和现实的政治文化比较比较，可以使我们知道现在我们所有的政治，所有的文化，去理想还有几多远，我们进步的速力。实际上只有多少，要如何的做去，然后可以增加我们的速力。这一种批评工作，与社会的进化，有极大的关系。可惜我们中国，还很少专门做这一种工作的人，可惜我们中国的当局者，还很少能够了解这一种工作的重要。

广州情形，从表面上看来，已经可以使我们喜欢了。宽广的马路，高大的洋房，新建设的公园，威严的衙门，凡初到广州的人，见了这些表面的建设，总没有一个不眉飞色舞的，以为我们中国人，也有这一种能力，我们中国人，也有比各处工部局①更有希望的经营才具。然而我们再仔细一问，才知道这一条宽广的马路底下，曾经牺牲了多少民众的脂血。这些脂血，若完全洒在马路上面，倒也是可通的话，但是这些脂血，却被一个政府中的人吸收去了。他一个人肥胖得厉害，戴上了眼镜，坐起汽车来了，而广州的路上，便添了许多无立锥之地的穷民。这倒还小事，我们先来放开眼睛，且看看广州的政治，教育，和农工阶级的现状之后，再作总括的批判罢。

第一先谈广州的政治。在前清的时候，到广东去做官，是没有一个不发财的。辛亥革命以后，这一种官僚的黑暗，当然除去了许多。中山先生在广州建设政府以后，这一种污点，当然更洗了一洗。但是现在怎么样呢？政府中人，位在部长厅长阶级的人，当然是很清苦。每天晚上宴客的一席几百元的开支，日夜奔驰的几乘汽车的开支，汽车边上站着的四五个拿着手枪的护兵的开支，都只能由公家给付。他们的月薪，都只在五六百元左右，并且总是身兼十几个要职，这几个兼职，都是兼差不兼薪，只能收得一二千元一月的马夫费和办公费，此外却是分文不取的。所以这一个阶级的人，是十分的清苦的。因为他们中间，思想旧一

---

① 工部局，旧时英、美、日等国在上海、天津等地租界内设立的奴役中国人的统治机关。

点的人，家里或许有几位太太要养，年纪轻一点的人，或许有祖老太太老太太要养，并且因为他们居在最上阶级的原因，亲朋戚友，来投奔觅食者，决不少于孟尝君的食客之数。一方面他们要维持他们的地位，也要用几个和自己的政治见解一致的人，要支撑他们的门面，对于同阶级者，或比他们更有实力者，也不得不费点周旋来往的费用。所以他们的确是很清苦，至少这一阶级的大部分，都是很清白的。不过其中有两三位，因为他们的地位，和金钱太接近的缘故，所以外面的人言啧啧，但记者却没有上外国银行去调查过他们的存款，在此地断不能瞎说，总之现在广州中央分政府省政府中间的第一阶级，就是厅长、部长、委员或主席阶级，以外表来说，就是坐汽车而有拿手枪的护兵在车上站着的阶级，他们的私收入，只如上所说，比较起北政府的官僚来，当然是进步了不少。其次比他们次一级的秘书科长阶级，却不能说了。他们的利害，大约和上一阶级者相通，假如革命政府和省政府等，对于人民的剥削，有不能拿到青天白日的底下来说的地方，那么这些黑暗的罪恶，都应该归在这一阶级的身上，因为暗中的敲刮，表面的粉饰，都是这一个秘书科长阶级做成的。其他若征收机关，地方县政府，小团体等的黑暗，恐怕比前清末叶，进步不了许多。不过这一层，我们要原谅他们，因为他们都是无新的训练的人，并且大半是第一阶级的亲戚故友，一时要他们改变过来，实在是不容易，所以我们只好慢慢的待他们的自毙，或积极的作第二次的洗刷工作。这是讲到政府机关的操守方面的话，还是小事，现在我们要讲到政治中心人物的施政的思想上去了。

国民政府，是国民的政府，是为人民谋利益的政府，它的基础是建设在国民的全数上的。然实际上在这国民政府内在左右政治的大局的，只有几个人，几个和民众漠不相关的前世纪的伟人。民众的代表，虽则也有列席发言的机会，但是这几个代表，若不先表示软化，便要压迫得不能容身。因此国民政府的各机关，和中央党部的门前，民众请愿的团体旗帜，络绎不绝，结果思想上行动上，就分出了左右两派来。所谓左右派的不同的思想行动，大约大家已经知道，可以不必再说，不过这两派的分歧的要点，却很不容易看出。他们的口头都在说为民众谋利益，都在叫一样的口号。然而兵工厂的工人，完全被解散了，工会与工会的中间，受了一派的人的运动，互相攻击起来了。到得不能解决的时候，要仰仗政府的设施的时候，政府仍在说政府的话，被压迫阶级的满肚皮的苦楚，仍旧是吐不出一二分来。在这一个混乱状态之下，当然是谁也说不出什么是左，什么是右的，不过我们分析分析这两派的中心人物，或者可以看得见一点模糊的色彩。总之国民政府中的人物，有几个是在做官，有几个是在作工。做官的要承上欺下，事情要做得漂亮才对。譬如在北京是张著左倾的旗帜，是以左起家的人物，到了广州，尽可以登报声明，说："我非左，我非左！"等到得了位置以后，又可以一面逢迎着有实力的几个人，讲极右的话，对了民众再说些调和的巧语，仍复可以不失他们的原来的声望。甚而至于要扩充他们的势力，就是拉拢一般机会主义者来，新组织一个新右派来都可以。这些人的口号也是为民众谋幸福，然而对于真正要为民众谋幸福的人，却丝毫也瞧不起，有时候竟有附和着权势来压迫民众的事情。这一派人的势力最大，位置最固，现在的政治舞台上的人数也最多。许多离奇不测的最高机关的命令，或独行独断的不近人情的行为，都是出于这一派人的献策。因为这一派人的飞扬勇跃，所以真正的欲为民众谋利益的工作者，也就隐遁不见了。事实上这些真正欲为民众谋利益的人，说话不灵，献计不取，还有什么发展的余地呢？所以说国民政府中有左右两派，却是不通之论，实际上只有一派在那里扬威作事，其他一派的势力，早已于无形中消失了，迁都大计，军事行动，各党部和政府机关的小小的意见等类，毕竟是谁定的计划，是哪一派的策略？

那么所谓左派的势力，就完全失坠了么？也不是的，物理上的精力不灭的原则，在政治上也应用得到。现在民众已经觉醒了，带了面具跳狮子的事情，被人家看穿了，工人的组织也日就坚强完善了，被利用的事情，次数积得多起来，被利用者的经验知识，当然也已经进步了。他们的势力不死，他们的工作还是有效的，不过现在不是起来作结总账的时候，他们还潜伏在社会的下层里，在作基础建筑的水门汀而已。

政治是左右社会一般的南针，广州的政治，既是在向这一个方向进行，当然广州的教育，也可想而知。

党化教育，在今日的状态之下，是谁也赞成的。现在不是读死书，做学问的时候。然而这一个党化却不是正大光明的大多数的民众的党化，仍旧是几个有势力的人在后台牵线作法的党化。所以广州的学生，年轻一点，热情如火，渴慕正义的学生，现在都屈伏在旧势力之下，见了铁杖，连头也抬不起来。政府说"马"，学生就"马"，政府说"鹿"，学生也只好"鹿"。甚而至于政府对待学生和学校的高压手段，学生及社会，不能加一句批评。结果就是党政训练所的学生的开除，中山大学学生的甄别，和大批思想较激烈一点的教员和校长的革职。况且目下又当迁都移鼎的当儿，什么事情都挂在半空天里，因而广州的教育，现在也完全还是在冬眠的状态之中，什么也停顿，什么也没有。"若是冬天来了，春天大约也总不远了吧!"① 这一句英国诗人的至语，我希望广州的学生不要忘了。

广东的农工阶级，表面上似乎很热闹，各行有各行的工会，各乡有各乡的农会，此外还有农工商学界的大联合会，然而实际，他们的结束力很弱。几个农工运动的小头目，又都是小政客出身，对于政府的措施，非但没有监督促成的决心，有时候，且竟有受一部分人的运动，甘心作几个人的爪牙，来摧残同类的。因之一行中的工会和他行的工会冲突者有之，或竟在同一工会之内，分出两派来争闹者也有之。当农工运动起来的初期，农工阶级全体没有自觉的时候，这一种现象，原是免不了，但以农工为基础的国民政府之下，有这样的事实发生，至少也是首领人物，应该反省自责的地方，而几个野心者，还在居中利用，因此在建筑他一个人的地位和声望，这岂不是世界革命的一大耻辱吗？所以有人说，广东是一个牛奶海，许多左派，到了广东，颜色都变了。这一句讽刺，希望真正为民众工作的人，不要忘了才对。

广州的情形复杂，事实离奇，有许多关于军事政治的具体的话，在目下的状态里，记者也不敢说。总之这一次的革命，仍复是去我们的理想很远。我们民众还应该要为争我们的利益而奋斗。现在总要尽我们的力量来作第二次工作的预备，务必使目下的这种畸形的过渡现象，早日消灭才对。不过我们的共同的敌人，还没有打倒之先，我们必须牺牲理想，暂且缄守沉默，来一致的作初步的工作。末了还是中山先生的两句话："革命尚未成功，同志仍须努力②。"

一九二七年一月六日

---

① 英国诗人雪莱所写《西风颂》中的名句。
② 革命尚未成功，同志仍须努力：这是孙中山先生在遗嘱中告诫其同志的话。

在方向转换的途中

目下中国的革命，事实上变成了怎么的一种状态，暂且不论，然而无论何人，对于我们中国现在大众的努力目标，至少至少在精神上，总应该承认底下的三点：

一，这一次的革命，是中国全民众的要求解放运动。

二，这一次的革命，是马克思的阶级斗争理论的实现。

三，这一次的中国革命，是世界革命的初步。

因为我们这一次的革命，精神上有三种意义，所以这一回的革命运动，和往日的情形不同。第一，目下中国的全民众，不论其手中有无枪械，凡系无产阶级或被压迫阶级中的人，全部都立在同一的战线之上，直接间接，都在从事于革命运动。第二，这一次的革命运动，并非是个人与个人权力之争，也并非是由于少数人的发动，或得成就于少数人之手的。第三，从世界的大势，人类的本能看来，这一次的革命的最终理想，没有完成以先，革命运动是不会停止的。

从理论说也好，从实际说也好，凡是头脑清晰一点的人，对于中国这一次的革命运动及其趋势，都可以看得十分明白，而局中的人，现在还有许多，在那里东西迷惘，这实在是中国革命的耻辱。

现在就各种事实综合起来，把我们这一次革命运动的障碍物来分析一下，我们就可以知道那些迷梦者所受的毒，其出处是在什么地方的。总而言之，帝国主义者，当这一个生死存亡之际，他们要拚死的活动，拚命的挑拨，是一件很明显的事实。这一层谁也看得清，谁也识得破，并且其根不深，伎俩有限，为害还小。其次，足以破坏我们目下革命运动的最大危险，还是中国人脑筋里洗涤不去的封建时代的英雄主义。

现在当革命运动还未完成的中间，武力当然是革命的重心。然而当全民众还没有武装。有兵器的阶级，还自成一个阶级的时候，这一种武力，很带有几分危险性，尤其是在中国。

革命当然是一种暴力行动，这一种暴力行动的直接演动者，当然是革命的军队。然而这些军队，若对于革命没有了解，他们就要以革命的成功，作为他们一个阶级的特异功绩，反过来就可以继承旧日的军阀，而再来压迫民众。

这一种现象，在无论哪一国的革命史上都可以看见，也是社会革命过程中必经的一条黑暗之路，然而在中国的封建思想很深而民众的自觉还没有彻底的民族中间，革命运动不入这一条黑暗之路则已，一入这一条黑暗之路，则中国的民众，中国的无产阶级，至少要吃十年大苦。

所以在这一个危险过程中，我们民众所应该做的工作，自然只有两条路：第一，把革命的武力重心，夺归我们的民众。第二，想法子打倒封建时代遗下来的英雄主义。

处在目下的这一个世界潮流里，我们要知道，光凭一两个英雄，来指使民众，利用民众，是万万办不到的事情。真正识时务的革命领导者，应该一步不离开民众，以民众的利害为利害，以民众的敌人为敌人，万事要听民众的指挥，要服从民众的命令才行。若有一二位英雄，以为这是迂阔之谈，那么你们且看着，且看你们个人独裁的高压政策，能够持续几何时。

况且现在中国革命，还只做成了一半，万一功亏一篑的现在，不幸有上举的黑暗行为出现，那么非但这一次的革命，要全部化为乌有，就是世界的被压迫的民众，也要受我们的影响。我希望大家努力，大家反省，使中国民族不要成了世界的笑柄。

一九二七年四月八日上海

《民众》发刊词

或者有人要问，目下的中国，还有民众么？

这是不错的，中国目下的民众，实在是一点儿势力也没有，一点儿声气也没有。在大街上坐汽车，或大踏步过去的，不是身穿制服的军官，便是什么什么委员，什么什么长。报上头，在最重要的地方登出来的，不是某要人行踪，便是某委员的启事。民众的事情，民众的存在，在什么地方，都看不出来。

然而我们再仔细一想，这些某要人，某委员坐的专车，汽车，或人力车，是哪一个为他们开，是哪一个为他们拉的？这些要人委员们吃的米和菜，是哪一个为他们种，哪一个为他们做的？他们坐汽车，养姨太太的钱，是从哪里出来的？

脸上背上流满了大雨似的汗，在烈日底下，在机关车的旁边，在污泥的田里，屈了背，弯了腰，在那里工作的，是什么东西？

买一斤盐，剪一尺布，吸一枝烟，租一乘车，典一亩田，要两重三重的贴印花，要五块十块的拿出去，一举一动，都要出什么税，上什么捐，这为的是什么？

这五块十块的捐，一分二分的印花，何以在上海的一角，在一个月中间，会积到三千万以上的？

我们把这些问题一想，才知道目下的中国，虽则在社会意识上，没有民众的存在，在利益享受上，没有民众的分儿，然而实际上，填在社会的最下层，时时刻刻，各到各处，在那里受压榨，被宰割的，仍旧是民众。中国的民众，仍旧是有的，那些坐汽车，穿制服、登启事，住洋房的人，仍旧是少数。真正的在从事于制造、耕种、服役，而又到处在被杀被欺的，仍旧是多数。

多数的民众，现正在水深火热之中。他们受的苦，受的压迫，倒比未革命之前，反而加重了。可怜他们大多数都是有声带的哑子，吃了苦，喊不出来。可怜他们都是有眼球的瞎子，目前有了危难，受了几重的敲剥负担，还认不清谁是你们的仇敌。

我们几个人，是有一半说话能力的小孩子，是不知说谎藏丑的鲁莽者，是天真未灭，在圆光的镜里，还能看得出鬼蜮①的原形来的贞童。

我们想凭了我们的微弱的目力，用了我们的不善诡辩的喉舌，将所见所闻，和所受的，赤裸裸地叫喊出来。

我们不想做官，所以不必阿谀权贵，我们不想执政，所以并没有党派，我们更不想争地盘，剥民财，所以可痛骂新旧的自私自利的军人，我们是被压迫，被绞榨的民众的一份子，所以我们敢自信我们的呼喊，是公正坦白的。我们要唤醒民众的醉梦，增进民众的地位，完成民众的革命。

法国的革命家说：过去的民众是什么？是 Nothing!②

① 鬼蜮，比喻用心险恶、暗中伤人的人。
② Nothing，英语，无，没有。这里有微不足道的意思。

将来的民众是什么？是 Every-thing！①

我们是大多数者，是被压迫者，是将来的大革命的创始人。革命的民众，大家应该联合起来！

一九二七年九月二日

---

① Every-thing，英语，一切。

山海关

　　小的时候，所知道的山海关这一个名字，是在社戏场里得来的智识。一面大纛旗，中间写着一个吴字，遮在一位英风烈烈的须生的背后；还有许多跑龙套的，穿盔甲的，驰骋在他的前面。这一位白面须生的大帅，拿的是银枪，穿的是白盔白甲，唱两句戏，就是一阵锣鼓，戏台上热闹得异常，我们在台下的小孩子们也喜欢得无底，于是便拍着手连喊着："好戏，好戏！"

　　后来长大了，读到了吴梅村的《圆圆曲》，看到了清朝的开国史，又于去北戴河的时候，遥望此关，胸中真有无限的感慨；但是小时候在戏台上所见的那位威风凛凛的将军的状貌，却总在脑子里和山海关的三个字联结在一起。

　　"炮竹一声除旧，桃符万户更新"，我们小百姓同王小二似的小心翼翼地过了年，正在祷祝着政府不要再加租税，外国人不要再打进来的一月三日，忽而在报上又见了一张照相。这照相上的相貌倒也象是一个人，一双鼠目，满含着淫猥的劣意，鼻下的一簇小胡子，似乎在证明他的血统，象是大和民族的小浪人的落胤，可惜这照相只登了半截，所以心肺究竟是狼是狗却看不出来。照相的上面第一段，也登着很大很大的日军侵入山海关，此人应该负责的一行大字，可是背后的一面大纛旗却不见了。

"春风昨夜到榆关！"卢弼的这一句话，倒成了千百年前的《烧饼歌》，报纸的记载里，果然说日军进关，中国兵后退，平津戒严，"故国烟花一夜残"了。

山海关是河北临榆县之所辖，系属于中国本部十八省的地域，日本人是宽宏量大，对中国决没有领土的野心的——这是日本人的宣言——可是中国人却比日本人更是宽宏量大，对自己的领土，更没有野心，所以日本人大约也是迫不得已，只好进关来替中国人来代行管理管理。

昨天我们几个敢怒不敢言的穷小子，还在私议，说中国目下的现状，正和明末清初的时候一样，有南朝的天子，也有北地的吴王，还有洪承畴、钱牧斋，还有马士英、阮大铖，^①还有一班在议避讳，上尊号的读书人，色色俱全，样样都有，但只缺少了几个崇祯帝、史可法、瞿式耜之类的呆人。^②

现在山海关一开，这一出"明清之际"的活剧，越演越象，越演越来得起劲了，但我们这些在台下看戏的人，都因为上了年纪，有了一点智识，非但叫好不敢再叫一声，就是拍手也不敢再拍一下；战战兢兢，大家只在台下预备着一副眼泪，好于大难来时也上台去演一出"哭庙"的悲剧了。

一九三三年一月四日

---

① 洪承畴、钱牧斋，还有马士英、阮大铖，这4个人曾经都是明末时的朝廷高官，因为投降清军，而被人唾骂。

② 崇祯帝，明朝最后一个皇帝。当李自成的农民起义军攻占北京时自缢身亡。史可法、瞿式耜，两人是南明大臣，因兵败被俘拒降而遭杀害，被认为是历史上的忠臣。

政权和民权

最近的报上，正在宣传着一位奔走南北的国民党老同志的谈话，说，政府已具绝大决心，准要把政权开放了。

政权开放，由我们这些绝对不曾尝过政权滋味的小百姓猜来，大约总不外乎是有饭大家吃，有官大家做的意思。以后天下太平，大家都有个前程，你也可以不必争，我也可以不必闹，雍雍穆穆，欢聚一堂。挂起国旗，套上皮带，诗人得预备去做个诗官，做小说的也少不得去做点稗官，听说北平的女子，且早已赶上了做女巡官，照这样子，大家做官，对外则共赴国难，对内则预备立宪——这四字在满清光绪年间也曾哄动过一时——蒸我髦士，縻尔好爵，天下英雄，入吾彀中，岂不盛哉，岂不快哉。

但仔细一想，我们有的是四万万同胞，任你把委员议员的数目，增加到无以复加，大约总也容不了四万万个鸟官。并且能者多劳，要人亲人，至少也得兼摄着十七八个显职，衙门是八字开的，宪法是纸上写的，叫化子扮作春官，一梦邯郸，后来的二百记大板，可真消受不了。所以寒酸惯了的我们这些穷骨头，还是趁早来巩固巩固我们的民权，倒来得实在些。

　　我想政权既要开放，何以民权却偏要那么的封闭。一本《马氏文通》①，居然可以做危害民国的证据，一篇诉穷的小说，竟也构得成一个新闻记者的死罪。此外还有数不清的许多不吃羊肉，略带羊膻气的政治嫌疑犯，一次纪念先哲的集会，也得早去叩禀，必待核准，方好施行。诸如此类的事实，真很多很多，多得记不胜记，我想政权既要开放，民权又何必封闭得这么紧呢？

---

　　① 《马氏文通》，我国第一部比较全面系统的语法著作，共十卷，清代马建忠撰。

说木铎少年

直率痛快的骂人，原是要有特权的人才能骂的。从前有一种皇恩钦赐的木铎老人，穿起黄袍，拿着板子，日日在农村或市镇上闲行，只教遇见有不孝的乡党子弟，他就可以仗了皇帝的势力，任意打你骂你，或竟拖你上就近的衙门里去处你以死罪。现在朝代换了，一批新的皇恩钦赐的木铎少年①，却应天运而生，揭笔杆而起，来演起这把戏来了。

木铎少年，自然要比木铎老人强得多。老人们穿的那件有皇恩钦赐四字写着的黄麻外套，少年们当然不屑穿了，说不定他们还会和叛逆子弟一样地穿上一套摩登的洋服。这么一来，第一他们就可以避去为主公做忠实走狗的嫌疑，而装作光明正大得同武都头②一样的一条英雄好汉。他们可以在金銮殿上放屁，可以在众人头上撒尿。但乡党的叛逆子弟若见了他们而捏一捏鼻，则他们就会忘记了自身的恶臭，而大声的骂你是鬼鬼祟祟，十足下

---

① 木铎少年，指当时被国民党政府所豢养的走狗文人。
② 武都头，即武松，《水浒传》中的英雄人物。

流，不敢掀开鼻子和他们较量。

他们还能站在第三者的地位，向主公讽示以如何来处置叛逆，说："某某，某某，不是那么被做了的么？你为什么不步此后尘呢？"他们更会借了光明正大的招牌，公然的来通风报信，说："某某就是某某的化名，住在什么地方。"

记得《左传》里有一段叫作蹇叔哭师①。秦穆公不听蹇叔之谏而出师，蹇叔因自己的儿子也在一道，所以哭而送之曰："晋人御师必于崤，崤有二陵焉，其南陵，夏后皋之墓也，其北陵，文王之所辟风雨也，必死是间，吾收尔骨焉。"当时讲这一段书的塾师对我们说："蹇叔这老头儿真厉害，他在哭声里，就告诉了他的儿子以地理和战略了，这文章真写得多么婉曲！"我觉得现代的那些木铎少年们，却都有蹇叔那么的本领。

---

① 蹇叔哭师，蹇叔为春秋时秦国大夫。秦穆公出兵伐郑，蹇叔力谏不要远袭，但穆公不听。秦出兵时，他哭着断言此战必败。后果如他所言，秦军在崤山被晋军大败。

说模仿

据希腊亚利士多德①说来，艺术的起源，是在模仿。若推理的倒测，是真的话，那中华民族，倒是一个最艺术的民族，何以呢？因为中国人是最富于模仿性的。虽然是好的意义的模仿呢，还是坏的意义的模仿，我们却也不敢断言。

中国人的善于模仿的秘诀，第一，是在模仿表面，而不讲实际；譬如，大家都知道了西洋文化的好处，中国人也非学他们不可了，于是乎阿猫阿狗，就都着起了西装，穿上了皮靴，捏起了手仗，以为这就是西洋文化的一切。虽然还有一种例外的吃大菜，倒是比较得实际一点，更如一说到了科学的可珍，全国上下也就会有一批歌功颂德的放屁虫出来，空空然的大喊大叫着"科学科学，科学科学"，而实际上什么是科学，怎样的提倡科学，如何的应用科学，却一概可以置之不论。虽然在政治上应用了纵横反复之术，来争取一点地位，和收取几十万节敬炭敬之类，倒是比较得实际的唯物史观与科学方法。

---

① 亚利士多德，今译亚里士多德或亚里斯多德，古希腊伟大的哲学家、科学家。

　　模仿最易成功的第二个秘诀，是在模仿人家的坏处，顶明显的好例，只须听一听受着西洋人的教育的许多中国子弟之吃教者和吃洋行税关饭者的中国话，就马上可以看出来。他们别的事情，倒会置之不学，而独有那一口奇怪的外国人说的中国话，却个个都能够说得同外国人一样。名词动词的颠倒，抑扬顿挫的特异，你若闭上了眼睛，不看见在你面前说话的那一张黄色、斜眼、狮鼻的脸，那你会相信，是一位外国人在向你说教："耶苏①是顶顶好的人！"个人既是如此，同样地，国家也是一样。从前向往着严寒的北国，现在却又有一部分人醉心于炙热的南欧的某一小邦了。

---

　　① 耶苏，今译耶稣。

暴力与倾向

　　《明史》里有一段记载说："燕王即位，铁铉被执，入见；背立庭中，正言不屈；割其耳鼻，终不回顾。成祖怒，脔其肉纳铉口，令啖，曰：'甘乎？'厉声曰：'忠臣之肉，有何不甘！'至死，骂不绝口。命盛油镬，投尸煮之，拨使北向，辗转向外。更令内侍以铁棒夹之北向，成祖笑曰：'尔今亦朝我耶？'语未毕，油沸，内侍手皆烂，咸弃棒走，骨仍向外。"[1] 这一段记载的真实性，虽然还有点疑问，因为去今好几世纪以前的事情，史官之笔，须打几个折扣来读，正未易言；但有两点，却可以用我们所耳闻目睹的事实来作参证，料想它的不虚。第一，是中国人用虐刑的天才，大约可以算得起世界第一了。就是英国的亨利八世，在历史上是以暴虐著名的，但说到了用刑的一点，却还赶不上中国现代的无论那一处侦探队或捕房暗探室里的私刑。杠杆的道理，外国人发明了是用在机械上面的，而中国人会把它去用在老虎凳上；电气的发明，外国人是应用在日用的器具之上，以省物

---

[1]　这段文字，记述明成祖朱棣夺取帝位后，对反抗他的旧臣铁铉施加酷刑一事。

力便起居施疗治的，而中国人独能把它应用作拷问之助。从这些地方看来，则成祖的油锅、铁棒，"割肉令自啖之"等等花样，也许不是假话。第二，想用暴力来统一思想，甚至不惜用卑污恶劣的手段，来使一般人臣服归顺的笨想头，也是"自古已然，于今尤烈"的中国人的老脾气。

可是，私刑尽管由你去用，暴力也尽管由你去加，但铁铉的尸骨，却终于不能够使它北面而朝，也是人类的一种可喜的倾向。"匹夫不可夺志也，"① 是中国圣经贤传里曾经提出过的口号。"除死无他罪，讨饭不再穷"，是民间用以自硬的阿Q的强词。可惜成祖还见不及此，否则油锅、铁棒等麻烦，都可以省掉，而《明史》的史官，也可以略去那一笔记载了。

---

① 匹夫不可夺志也，语出《论语·子罕》。匹夫，古代指平民中的男子。

写作闲谈

（一）文体

法国批评家说，① 文体象人；中国人说，言为心声，不管是如何善于矫揉造作的人，在文章里，自然总会流露一点真性情出来。《铃山堂集》的"清词自媚"，早就流露出挟权误国的将来；咏怀堂的《春灯》、《燕子》，便翻破了全卷，也寻不出一根骨子（从真善美来说，美与善，有时可以一致，有时可以分家；唯既真且美的，则非善不成）。所以说，"文者人也"②，"言为心声"③的两句话，决不会错。

古人文章里的证据，固已举不胜举，就拿今人的什么前瞻与后顾等文章来看，结果也决逃不出这一铁则。前瞻是投机政客时，后顾一定是汉奸头目无疑；前瞻是夸党能手时，后顾也一定

① 法国批评家，指布丰。
② 文者人也，指布丰在《风格论》中提出的"风格即人"的观点。
③ 言为心声，心声，本指语言，这里指人的真挚性情。

是汉奸牛马走狗了。洋洋大文的前瞻与后顾之类的万言书，实际只教两语，就可以道破。

色厉内荏，想以文章来文过，只期得一时的少数人而已，欺不得后世的多数人。"杀吾君者，是吾仇也；杀吾仇者，是吾君也。"掩得了吴逆的半生罪恶了么？

（二）文章的起头

仿佛记得夏丏尊[①]先生的文章作法里，曾经说起头的话，大意是大作家的大作品，开头便好，如托尔斯泰[②]的《战争与和平》的开头，以及岛崎藤村[③]的《春》、《破戒》的开头等等（原作中各引有一段译文在）。这话我当时就觉得他说的很对（后来才知道日本五十岚及竹友藻风两人，也说过同样的话），到现在，我也便觉得这话的耐人寻味。

譬如，托尔斯泰的《婀娜小史》的起头，说："幸福的家庭，大致都家家相仿佛似的，而不幸的家庭却一家有一家的特异之处"（原文记不清了，只凭二十余年前读过的记忆，似乎大意是如此的）。[④]

又譬如：斯曲林特白儿希的《地狱》（?）的开头，说："在北车站送她上了火车之后，我真如释了重负"云云（原文亦记不清了，大意如此）。

真多么够人回味。

---

① 夏丏尊，现代作家、出版家，浙江上虞人。

② 托尔斯泰，俄国文学家。

③ 岛崎藤村，日本小说家、诗人。

④ 《婀娜小史》，今译《安娜·卡列尼娜》。

（三）结局

　　浪漫派作品的结局，是以大团圆为主；自然主义派作品的结局大抵都是平淡；唯有古典派作品的悲喜剧，结局悲喜最为分明。实在，天下事决没有这么的巧，或这么的简单和自然，以及这么的悲喜分明。有生必有死，有得必有失，不必佛家，谁也都能看破。所谓悲，所谓喜，也只执着了人生的一面。

　　以蝼蛄来视人的一生，则蝼蛄微微，以人的人生来视宇宙，则人生尤属渺渺，更何况乎在人生之中仅仅一小小的得失呢？前有塞翁，后有翁子，得失循环，固无一定，所以文章的结局，总是以"曲终人不见"为高一着。

"文人"

　　三月二十日，立委王昆仑氏，① 在重庆宴苏联作家及中国作家的席上，有人提议，联合起来，写一封信来给我的消息，早在香港报上见过。本坡的《星中报〉，亦将此消息转载。诗是四句："莫道流离苦（老舍），天涯一客孤（沫若），举杯祝远道（昆仑），万里四行书（施谊）。"施谊当然是孙师毅②的另一写法。此外到席者，是苏联的作家费得连克（他也用了中国笔，写了"都问你好"的四字），及米克拉舍夫斯基（他写的是"知己知彼，百战百胜"的两句孙子兵法）。这两位苏联作家竟能用中国的毛笔，写出这样的字（虽然是象初学会写字的小孩般的笔法）来，倒也真真难得。当日的列席者，还有一时传说已被敌人谋害的陈波儿，方殷，戈宝权，葛一虹，阳翰笙诸君。③

---

　　① 王昆仑，江苏无锡人。1933 年加入中国共产党，曾任国民党政府立法委员等职务。

　　② 孙师毅，笔名施谊，浙江杭州人，剧作家。

　　③ 陈波儿，中国戏剧、电影演员，广东汕头人。方殷，现代诗人，原名常钟元，河北雄县人。戈宝权，翻译家、鲁迅研究专家，江苏东台人。葛一虹，现代剧作家、翻译家，上海市嘉定人。阳翰笙，现代剧作家。

沫若在诗下，还写有几行短信：

> 达夫：诗上虽说你孤，其实你并不孤。今天在座的，都在思念你，全中国的青年朋友，都在思念你。你知道张资平的消息么？他竟糊涂到底了，可叹！

从这一张同人合写成的信中看来，我们可以知道，张资平在上海被敌人收买的事情，却是事实了。本来，我们是最不愿意听到认识的旧日友人，有这一种丧尽天良的行为的；譬如周作人的附逆，我们在初期，也每以为是不确，是敌人故意放造的谣言；但日久见人心，终于到了现在，也被证实是事实了。文化界而出这一种人，实在是中国人千古洗不掉的羞耻事，以春秋的笔法来下评语，他们该比被收买的土匪和政客，都应罪加一等。时穷节乃见，古人所说的非至岁寒，不能见松柏之坚贞，自是确语。所以，耳未听见过炮声，足未踏入过战地的许多文化人，只站在后方的后方，高喊着前进，或用尽心机，想打倒几个在同一区域中作同事的同人来献身手的，亦当以这些先例为前车之鉴。能做一点实际工作，当远胜于专向同事做人身攻击等事，受益多多。

鲁迅也曾说过，既然是人，自然也要性交，若只拿住性交的一点，来攻击个人，则孔夫子有伯鱼，即使是圣到无以复加的圣人，恐怕日常生活，也是和我们这些庸人，相差无几的。

"文人无行"，是中国惯说的一句口头语，但我们应当晓得，无行的就不是文人，能说"失节事大，饿死事小"这话而实际做到的人，才是真正的文人。近则如洪承畴；远则如长乐老，①他们何尝是文人，他们都不过是学过写字，读过书的政客罢了。至如远处在离敌人数千公里外的异域，只以为月薪比自己多一点，生活比自己宽裕一点的同事，就是阻遏自己加薪前进的障碍，是敌寇，是汉奸，是一手压住世界命的魔鬼，象这样的文人，当然更不是文人了。因为这些人们，敌寇不来则已；敌寇若一到门，则首先去跪接称臣，高呼万岁的，也就是他们了。对这些而也称作文人，岂不是辱没了文文山的正气，辱没了谢皋羽的西台②？

因听到了故人而竟做了奸逆的丑事，所以一肚皮牢骚，无从发泄，即以我个人的境遇来说，老母在故乡殉国，胞兄在孤岛殉职，他们虽都不是文人，他们也都未曾在副刊上做过慷慨激昂的文章，或任意攻击过什么人，但我却很愿意以真正的文人来看他们，称他们是我的表率，是我精神上的指导者。

我们的抗战，是还要继续下去的，这中间，自然更有许多花样出来，可以给我们叹赏，或给我们唾骂。我们只要抱住一点贞心，使用我们的双眼，静静地看，实在地干，到了最后胜利之日，便可以分辨出，究竟是谁强谁弱，谁真谁伪来了；现在所说的一切空话，究竟还都是无凭的呓语。

---

① 洪承畴，明崇祯时曾任蓟辽总督，后兵败被俘降清。长乐老，冯道，五代时人，自号长乐老。

② 谢皋羽，即谢翱，南宋诗人。

今天是九一八

　　时间过得很快，今天又是"九一八"九周年的纪念日了。关于这日阀公开侵略我国的最初蛮动的经过，想系我们每饭不忘祖国的侨胞们，所永不能忘怀的至痛事，现在可以不必再说。我们要特别于每年的这一个日子，不得不站起来说几句话的，是世界上的被压迫被侵略的民族，都应该存一个自力更生的心，联合起来，自己来解放自己。原因是为了那些不关己事的安定国家，对了隔岸的火灾，决不肯出死力来挽救的。

　　虽然，当时美国史汀生①，也曾仗义执言，指斥过日阀的不该，要求过英国的合作，出来共同对付这一搅乱太平洋和平的罪魁。可是安卧在厝火积薪②之上的英国，当时哪里会想到九年之后的今日，这些炮火炸弹，也竟能飞到伦敦的皇宫！

　　从九一八之后的意对亚比西尼亚的侵略，与夫德意合作，推翻西班牙民主政府的阴谋，以及这次欧洲诸中立国弱小国的被侵

---

　　① 史汀生，美国政治家。1931年"九一八"事变时，他任美国国务卿，不承认日本占领东北为"合法"行为。
　　② 厝火积薪，把火放在柴堆下面，比喻潜伏着很大危险。

被并，原因虽则久已伏于九一八的敌阀的一举，然重要之点，总仍在于诸被压迫民族的不肯真诚合作，自己起来解放自己。

历史是循环，盛衰也是起伏互易的。我们的抗战伟功，虽则还未完成，但最后胜利的把握，已竟有了十之八九。洗雪九一八之耻，洗雪甲午以来的累代国耻的时日，恐怕已经不远了。要紧的，还是在我们自己的努力。

出钱出力，已经做到了我们的饱满点没有？精诚团结，已经有具体的事实表现了没有？抗战到底，最后胜利定属于我的信念，有时候有动摇没有？凡此种种，都是要我们来宿夜匪懈地反躬自问一下。阖闾死后①，吴王夫差②，曾使人立于门侧，于出入时令喝门一声："夫差，尔忘杀父之仇乎！"夫差必对曰："唯，不敢忘！"我们的必于此日，想特别站起来向大家高喝一声，也就是这一个意思。我民族代代，对这比毒蛇猛兽更凶恶万倍的敌阀，将永永不忘，非至寝其皮，食其肉，鞭其尸后，此仇方得雪也。

①　阖闾，名光，春秋末年吴国国君。
②　夫差，阖闾之子。